a mancha na camisa

coordenação editorial
Sálvio Nienkötter

editores
Daniel Osiecki
Claudecir Rocha
João Lucas Dusi

capa
Jussara Salazar

projeto gráfico
Rosana Almendares

Revisão
Claudinei Lichoveski

produção
Cristiane Nienkötter

Dados Internacionais de Catalogação na Publicação (CIP)
Angélica Ilacqua CRB-8/7057

Bento, Marcelo Rolim
A mancha na camisa / Marcelo Rolim Bento. – Curitiba : Kotter Editorial, 2022.
204 p.

ISBN 978-65-5361-111-5

1. Ficção brasileira 2. Relacionamento inter-racial – Ficção I. Título

22-3416

CDD B869.3

1ª edição

Kotter Editorial
Rua das Cerejeiras, 194 | Curitiba/PR | 82700-510
+55 41 3585-5161 | www.kotter.com.br | contato@kotter.com.br

A MANCHA NA CAMISA

MARCELO ROLIM BENTO

Ao meu pai Paulo Rolim Bento (em memória)

AGRADECIMENTOS

A Deus pelos dias vividos até o momento da conclusão deste livro, dias estes que me proporcionaram experiências boas e ruins, inacreditáveis e trágicas, felizes e tristes. Todas elas construíram em mim uma identidade única, capaz de entender o mundo de tal maneira que se fosse diferente, talvez esse livro não existisse.

Aos professores da UFPR que me ensinaram conceitos pedagógicos que eu levarei para a vida toda. Apesar de cursar ciências exatas, o curso de licenciatura me proporcionou aprendizados que enriqueceram meu lado humano.

Ao meu amigo e afilhado Raphael Silva de Oliveira, que foi essencial para que esse projeto tomasse corpo.

À Lidiane Savagin Lobo que me auxiliou na abordagem de um assunto que é desconhecido para mim.

À minha mãe Matilde por quem eu tenho muito amor.

À minha esposa Thaísa Scheuer Rolim Bento, que me incentivou desde o início a dar continuidade a esse projeto. Sem seu apoio não haveria uma só página desta história. Entre outras coisas, esse livro é o resultado de um olhar de admiração vindo da mulher que eu amo.

PARTE 1

1

Um homem entrou no restaurante Bobotie, vestindo um terno cinza escuro muito bem passado, com listras finas e discretas, usava gravata com estampas de três tons de cores combinando com a camisa. Calçava um sapato de couro preto de bico fino, lustradíssimo, que completava o traje impecável e de muito bom gosto. Antes mesmo de terminar de entrar no recinto, o *Maître* veio recebê-lo, e o guiou até a mesa de costume.

O restaurante é o lugar preferido do Dr. Raul Oliveira, um local requintado situado numa região frequentada por pessoas com poderes aquisitivos significativamente maiores do que a média. Da entrada do recinto, pode-se observar a decoração na parede. Logo acima do balcão do caixa, um entrelaçamento de berimbaus de todos os tamanhos e cores resultam no formato de uma grande samambaia. A decoração do restaurante faz o Dr. Raul sentir-se bem, transporta-o para um lugar ao qual nenhum outro lugar da cidade consegue levá-lo. Ele sente seu coração acalentado e, mesmo com tanto requinte, o restaurante faz com que ele se sinta leve, como se estivesse em casa.

Assim que se sentou, o garçom veio atendê-lo. Dr. Raul, que não costuma olhar muito para as pessoas que o servem, desta vez pareceu observar o garçom além do normal. Tal atitude constrangeu o garçom a ponto de ele perguntar se havia algum problema. O Doutor somente apontou com um gesto de olho para a manga da camisa que o rapaz usava e voltou a olhar para o menu, no entanto seu pensamento ainda estava no rapaz de camisa manchada, parecia uma crosta de molho de tomate ou algo do gênero.

Não gostou do que viu, um restaurante daquele nível não podia admitir certos descuidos, pensou em falar imediatamente com Amílcar, que além de gerente era um dos sócios do restaurante. Theodor ficou surpreso, até então não tinha percebido tal descuido, fechou os olhos e franziu a face. Um filme passou em sua cabeça. Lembrou a noite anterior, quando chegou em casa após o curso. Ângelo, seu colega de quarto, lhe dissera que havia usado sua única camisa para ir a uma entrevista de emprego. Foi fácil deduzir o que tinha acontecido: provavelmente Ângelo sujou a camisa quando a usou.

Dr. Raul é diretor do centro cirúrgico do Hospital onde também exerce a função de médico, formou-se pela *UFPR (Universidade Federal do Paraná)* e fez residência em cirurgia cardiovascular no Hospital das *Clínicas de Curitiba.* Seu pai trabalhou no mesmo hospital durante a maior parte de sua vida e, apesar de ser muito querido por todos os seus colegas de trabalho, não recebia a mesma atenção e os mesmos paparicos que o filho por parte de seus colegas. Dr Raul teve mais sucesso na vida que o pai graças ao esforço que seu pai dedicara para que ele prosperasse. E pelos conselhos sobre como se comportar diante das pessoas. Raul sempre lembrava do conselho do pai: seja educado, observe e sorria sempre. Isso fez a diferença para que conseguisse a simpatia de todos e fez com que suas promoções viessem com certa facilidade.

Certamente foi também o motivo pelo qual sua esposa Elisa veio a se apaixonar por ele à primeira vista, ou melhor, à primeira conversa. A eloquência do jovem rapaz, aliada ao seu perfil observador, tornavam-no um homem atraente, capaz de causar interesse em qualquer mulher atenta e disposta a ser bem tratada. Foi na festa de formatura de um amigo em comum que aconteceu o primeiro encontro entre os dois. Elisa foi alertada por uma amiga a respeito de um "galanteador" que não se deixava conquistar. Raul era conhecido pelo seu fascinante tato com as pessoas, principalmente com as mulheres. Quando Elisa ouviu falar do jovem, desafiou as amigas, disse que não cairia em seus encantos. Ao vê-lo pela primeira vez, não se impressionou, pensou: "o que há de especial neste homem, bonito como qualquer outro? Será fácil atraí-lo para depois dispensá-lo e garantir risos e conversas para a semana toda".

Para Elisa, era fácil conquistar a atenção do galanteador. Na verdade, era fácil para ela conquistar a atenção de qualquer um que desejasse. Elisa era, sem exagero, a exuberância em pessoa. Era linda, mas era mais do que isso, tinha algo especial. A simetria de seu rosto desenhado com traços fortes, harmonizados com seus lábios grossos e olhos grandes e negros, emoldurados pelos cabelos rebeldes e volumosos, somado ao seu corpo com curvas marcantes alicerçadas pelas suas pernas bem torneadas, faziam dela uma mulher realmente imponente!

Como era previsto por ela, o jovem Raul, recém-formado, ficou impressionado diante da beleza e imposição da deusa que parou diante dele e inesperadamente, com um gesto de supremacia, pediu para que lhe servisse um drink. Ao percebê-la, por um segundo, Raul ficou sem reação. Logo caiu em si e argumentou:

– Por que deveria, linda senhorita? – segurou em sua mão e muito lentamente encostou seus lábios nela, fitando seus olhos nos de Elisa. – Muito prazer, Raul Oliveira – apresentou-se sem cerimônias. Elisa logo de cara percebeu a desenvoltura do rapaz e concluiu que não o intimidaria tão facilmente, o que a deixara um pouco surpresa, já que quase sempre os homens ficam encabulados com sua presença.

– Talvez tenha algo mais interessante para fazer – respondeu Elisa.

– Tudo me interessa – disse Raul sem hesitar.

Nesse momento, um garçom passou pelos dois e ele, num gesto veloz, pegou duas taças de champanhe da bandeja que o garçom carregava e entregou uma a ela. Raul olhou fixamente nos olhos de Elisa, ergueu a taça até a altura de seus olhos e disse – prazer em conhecê-la.

Elisa, impressionada com algo que não sabia o que era direito, encarou o jovem destemido, deu um sorriso de canto de boca, ergueu sua taça e brindou com seu futuro esposo. Raul estava deslumbrado com a beleza da moça que acabara de conhecer. Conversaram quase a noite toda, parecia que não havia mais ninguém na festa para eles. Ao longe, as pessoas viam Elisa não se conter em risos e caras de espanto diante das coisas que Raul falava. Houve um momento em que tocou uma música que Raul gostava. Convidou Elisa para dançar. Foi a primeira aproximação de seus corpos. Ao som de Muddy Waters, Raul podia sentir as coxas de Elisa roçando as suas, aquilo instigou seus pensamentos. Segurava a mão de Elisa com uma de suas mãos, enquanto a outra pressionava suas costas contra seu peito, sentia o doce e suave cheiro de seu pescoço bem perto agora e o leve balançar de seus corpos, em sincronia. Pareciam deslizar pelo piso de madeira, como se tivessem treinado anos para aquele momento.

Dançaram quase a música toda como se o salão fosse só deles, houve um momento de plenitude e relaxamento em que a comunicação se fez através de olhares e sorrisos, estavam se conhecendo, talvez se reconhecendo, nem uma só palavra saiu das bocas dos dois jovens enamorados.

Quando a música acabou, Elisa avistou sua amiga já com um olhar insinuante de quem diz "eu avisei". Nesse momento lembrou da fama do jovem a seu lado, tentou se recompor para disfarçar o interesse súbito que se abateu sobre ela, soltou a mão de Raul e o abandonou no meio do salão.

Raul, vendo-a sair rapidamente, mas ainda com tanta elegância, ficou admirando-a, meio confuso, tentando entender aquele momento único que acabara de viver.

Elisa não o viu mais naquela noite e se consagrou como "mulher indomável", mas não por muito tempo. Eles se casaram dois anos depois em uma cerimônia glamorosa e caríssima.

O que causava incômodo em Raul, talvez não fosse a mancha na camisa do garçom, que não era tão visível assim, mas alguma coisa o alertando sobre haver algo errado com o rapaz, algo que não queria admitir a si mesmo, mas que na realidade, causava desconforto. Talvez fosse o conjunto da obra. Talvez, se a mancha estivesse em outro garçom cuja pele fosse igual à sua, ele não a tivesse levado em consideração. Isso nunca havia acontecido antes, a contratação dos funcionários daquele restaurante seguia um certo padrão, e não era isso que ele estava presenciando naquele dia. Não resistiu, falou com Amilcar quando saiu do estabelecimento.

Era a primeira semana de trabalho de Theodor, que tinha conseguido aquele emprego porque Amilcar estava com o quadro de funcionários desfalcado há meses e não conseguia contratar ninguém.

Theodor não tinha pretensão de ficar naquele emprego por muito tempo, mas era exatamente o que ele precisava agora para conseguir colocar em prática seu projeto de vida. Para isso, estava disposto a trabalhar em qualquer função, o dinheiro que ganharia ali seria para complementar o salário do emprego que ele tinha no período noturno em um hotel.

Ao sair do Bobotie, Dr. Raul encontrou Amilcar em uma das mesas, conversando com um cliente. Ao ver Raul se aproximando, Amilcar imediatamente foi até ele. Raul disse poucas palavras no ouvido de Amilcar e saiu. Theodor percebeu que seu chefe, ao falar com o elegante homem, olhava para ele. Deduziu que estava falando sobre a mancha em sua camisa.

Amilcar comprara o estabelecimento onde hoje está situado o famoso restaurante com o dinheiro herdado de seu pai, vinte anos atrás. Começou humilde com alguns pratos típicos e assim permaneceu por anos. Quando abriu sociedade, seu negócio deslanchou. A visão do novo sócio fez com que seu humilde restaurante chegasse ao patamar dos mais requisitados da cidade, um restaurante sem igual, várias vezes foi motivo de manchete na mídia e outras tantas foi mencionado em revistas importantes. O novo sócio também foi quem sugeriu o novo nome para o restaurante: Bobotie, uma homenagem ao prato que seu avô mais gostava.

Educadamente Amilcar questionou o rapaz quanto à mancha na sua camisa. Theodor, naquela hora, ficou com vontade de ter cuspido na comida do esnobe homem de roupa impecável e prometeu a si mesmo que, quando chegasse em casa, iria enforcar Ângelo com a camisa manchada. Nem uma coisa nem outra, Theodor era educado o suficiente para não cuspir no prato nem do seu pior desafeto, não que tivesse algum, muito menos matar alguém por qualquer motivo que fosse.

– Venha até aqui por favor – pediu Amilcar pacientemente como de costume. Theo obedeceu – você sabe quanto tempo levei para construir em meu restaurante a boa reputação que ele tem hoje?

– Posso imaginar – respondeu Theo com a cabeça erguida.

– Então entende que não posso aceitar tamanha negligência por parte dos meus funcionários? Isso coloca em risco o status alcançado com tanto sacrifício.

– Sim, mas...

– Infelizmente não temos lugar para alguém com o seu perfil aqui – Amilcar o interrompeu, não dando oportunidade de defesa ao rapaz.

Theo tentou argumentar novamente, mas foi em vão. Amilcar estava decidido. Não que ele fosse um homem intolerante, muito pelo contrário, houve situações piores do que essa e ele foi condescendente, mas, por algum motivo, Theo não teve uma segunda chance. Talvez houvesse algo de diferente com o rapaz a ponto de não ter merecido um voto de confiança.

2

Theodor era amigo de Denise desde o ensino médio, estudaram na mesma sala todos os anos. Os dois amigos eram confidentes, usavam-se como ouvintes e compartilhavam seus desejos e anseios. Embora cada um tivesse no colégio outros amigos, os dois sempre achavam um tempo para ficarem juntos.

Denise já estava na faculdade e não via Theo há alguns meses. Ela fazia aula de dança de salão, mas a falta de parceiro nas aulas a fez lembrar do amigo como um potencial parceiro de dança, então entrou em contato com ele e o convenceu a se matricular na escola de dança para fazer parceria com ela.

Entre uma conversa e outra, antes ou após as aulas de dança – sobre o curso de Denise, seus novos amigos e tudo mais –, Theo foi se alimentando com informações referentes a uma das colegas dela. Cada vez que Denise comentava algo sobre a tal colega, aumentava em Theo a vontade de conhecê-la. Tudo se encaixou quando ele viu a foto de Léa em uma rede social, a tal amiga de personalidade tão definida. A partir daquele momento, Theo não pensava em outra coisa.

Denise era colega de sala de Léa, tornaram-se boas amigas logo no primeiro semestre do curso de medicina. As duas garotas tinham muitas coisas em comum: eram esclarecidas em relação a assuntos que diziam respeito a políticas públicas, gostavam de debater questões mais filosóficas nas aulas em que conceitos éticos e comportamento humano eram introduzidos.

Junto delas, havia mais duas jovens que completavam o quarteto, Clara e Karen, mas o assunto com elas era totalmente diferente do que Léa e Denise costumavam conversar. A participação das duas garotas, que não se importavam com assuntos de cunho político, deixava o grupo mais leve e animado. Elas eram o tipo de pessoa que veio ao mundo passear e aproveitar tudo de bom que ele pode proporcionar. Não se importavam se amanhã ou depois ainda restaria no mundo que elas tanto amavam algo para oferecer. Naturalmente Léa e Denise vez ou outra plantavam em suas cabeças férteis umas sementinhas de conceitos básicos de cidadania.

A universidade que Denise cursava tinha disponibilidade de bolsa de estudo através de um programa do governo, Denise se encaixava perfeitamente nos requisitos para ingressar no curso e, com uma boa nota na prova de seleção, conseguiu a tão almejada vaga.

Denise sofreu um pouco no início do curso com o preconceito de alguns colegas por não ter conseguido a vaga da forma convencional, mas não se deixou abalar. Foi no sentido de acolhimento diante dessa situação que Léa se aproximou de Denise e que se tornaram boas amigas. A relação de amizade entre as duas era muito madura, havia muita cumplicidade, sem cobranças e sem exigências.

Foi na comemoração de aniversário de Denise que Theodor e Léa se falaram pela primeira vez. O evento foi em um bar com pista de dança. Naquele dia, a banda iria tocar músicas de dança de salão, e esse foi o motivo pelo qual o local foi escolhido. Theodor, assim como os demais colegas da escola de dança, e o professor foram convidados para o evento.

Theodor estava ansioso para conhecer Léa. Já tinha coletado algumas informações sobre a moça em conversas com Denise. Sutilmente, sempre que tinha oportunidade, direcionava o assunto de forma que conseguisse alguma referência. Dessa forma, planejou sua investida com paciência e cautela.

Após Denise apresentar Léa ao seu parceiro de dança preferido, Theodor rapidamente puxou a cadeira ao seu lado para que a moça se sentasse. Em seguida, perguntou se ela aceitava alguma bebida. Léa olhou para a bebida que Theodor estava tomando e reconheceu qual era pela cor, nada mais do que sua bebida favorita. Theodor então ofereceu da sua própria bebida.

– Aceita? É Kissangua.

– Nossa! Sim, claro – tomou um gole e continuou. – Sabia que é minha bebida favorita?

– Que coincidência! – Não era uma coincidência, visto que ele se informou antes para impressionar a garota. – Eu também gosto muito. Sabe como é feita?

Léa respondeu que sim, e assim começaram uma conversa que se estendeu até a música preferida de Denise tocar. A amiga em comum atrapalhou a conversa animada dos dois jovens para tirar Theo para dançar. Ele não ficou muito feliz em se afastar de Léa, mas viu ali uma bela oportunidade de impressioná-la.

Dançaram uma salsa lindamente, com todo molejo que a dança exige, com direito a "*gran finale*" e tudo. Assim como todos os clientes espectadores do local, Léa se viu admirada com o talento da dupla, deu início à salva de palmas que se acometeu no local. Quando Theo voltou para a mesa onde todos estavam, Léa o parabenizou.

– Brilhante apresentação! Parabéns! Denise tinha me falado do seu talento com a dança, mas não imaginei que fosse um profissional.

– Obrigado, fico lisonjeado com seu elogio, mas fiquei mais interessado na parte em que você disse que Denise tinha falado sobre mim.

– Como assim? Não entendi.

– O que mais ela falou a meu respeito?

– Nada mais. Espera aí, você está se achando, não é?

– Não. Só não sabia que ela tinha falado sobre mim para você.

– Qual é o problema, não vejo nada de mal em ela ter comentado que seu parceiro de dança é um bom dançarino.

– Sim. Claro, esquece.

Léa ainda não tinha percebido o interesse do rapaz. Estava completamente alheia às intenções de Theo, inclusive quando viu a sintonia entre ele e sua amiga no meio do salão, pensou em uma possibilidade de namoro para Denise.

Cantaram os parabéns para Denise. Em seguida, ela fez um pequeno discurso agradecendo a presença de todos, cortou o bolo e deu o primeiro pedaço para os dois amigos dividirem alegando não fazer distinção entre uma amizade e outra. Theo segurou o prato com o único pedaço de bolo que seria para os dois, aproveitou o momento para servir Léa, diretamente na boca. Nesse momento, Léa percebeu algo diferente no olhar do rapaz. Envergonhada, Léa desbaratinou:

– Você está sendo injusto, me deu uma garfada enquanto comeu duas, e fez isso duas vezes.

– Olha o meu tamanho, eu preciso de mais nutrientes do que você para sobreviver, já ouviu falar em equidade?

Aquele foi o tiro certeiro para fisgar sua presa, mas dessa vez Theo não tinha planejado, falou espontaneamente. Ao ouvir Theo falar em equidade Léa ficou tocada. Com isso, o rapaz conseguiu o telefone de Léa, que o forneceu facilmente após perceber algo diferente em Theo. Ali, brotou nela um certo interesse sobre ele, mas não passava de mera curiosidade até então.

3

Theo estava em frente à sua casa, lavando seu carro velho. Ângelo chegou da rua e viu uma folha de A4 escrito “vende-se” pendurada no portão, que seria colada no carro após a lavagem. O colega de Theo começou a zombar de sua intenção de vender o carro, disse que duvidaria que ele conseguisse algum comprador a julgar pelo estado em que o carro se encontrava e que, se fosse ele, venderia direto para o ferro velho. Theo respondeu a brincadeira de Ângelo com uma alfinetada.

– Pois é, meu amigo, acontece que ele ainda é muito útil, me leva para onde eu quero e às vezes leva você também, não é mesmo?

– Terá que vender para alguém que seja vacinado contra tétano. Caso contrário, o comprador pode morrer infectado no meio de tantas ferrugens – disse rindo e desconsiderando o comentário de Theo.

– Onde está o seu carro novo, não estou vendo?

– Pega leve, irmão, estou brincando, o Tião é como se fosse nosso *brother*, vou sentir saudades dele.

– Se não fosse você ter manchado minha camisa de trabalho, eu ainda teria meu emprego e não precisaria vendê-lo agora. Preciso levantar uma grana urgente.

– Foi mal cara, eu vacilei.

– Não se culpe, acho que a culpa nem foi da mancha.

– Foi o que então?

– Um cliente não foi com a minha cara, não entendi o porquê, mas tenho certeza de que foi isso.

– Mas só por causa de um cliente? Deve ser alguém importante!

– Deve ser. Deixa isso pra lá, me ajuda aí a lavar esse carro.

Ângelo pegou a mangueira que estava desligada e começou a ajudar Theo a lavar o carro. Assim que terminaram, foram juntos a algumas lojas de carros tentar algum negócio. Voltaram para casa sem êxito e decepcionados com as propostas de pagamento que receberam dos vendedores das lojas.

4

Denise e Léa estavam saindo da universidade por volta de meio-dia. Estavam envolvidas em uma discussão sobre o absurdo que elas tinham ouvido de um professor. Léa estava tão furiosa que pensou em desistir do curso por falta de estômago para conviver com certo tipo de gente. Denise, apesar de incrédula com o que acabara de ouvir, estava mais calma, talvez pelo fato de entender na alma sobre o que o professor estava dizendo.

Certa vez, quando Denise trabalhava como técnica de enfermagem no hospital de pediatria, uma das médicas fez um escândalo quando chegou em seu consultório e seu computador não estava ligado, esperando por ela. Chamou Denise e, aos berros, proferiu palavras ofensivas contra ela, dizia que era obrigação da técnica de enfermagem deixar tudo pronto para quando ela chegasse, inclusive ligar o computador. Chegou a chamá-la de incompetente. Os funcionários e pacientes ali presentes assistiram à cena, mas ninguém disse uma palavra.

Os olhares de alguns colegas voltados para ela e sua roupa "sem marca" corroboravam com a ideia que Denise fazia dos seus futuros colegas de trabalho. Para ela, o professor teve coragem de dizer o que a maioria dos colegas formandos e já formados pensavam. A dúvida agora era saber se seus colegas formados pensavam dessa forma porque foram ensinados assim por algum professor arrogante ou se essa prepotência vem de antes da entrada no curso de medicina. As palavras do professor não paravam de ecoar na mente de Léa.

"Vocês são a nata da sociedade, estão no mais alto escalão, todos devem obediência a vocês. Estamos falando de hierarquia, meus nobres alunos. Enfermeiros, técnicos de enfermagem... todos serão subordinados a vocês, vocês são os detentores do saber e a última palavra será sempre de vocês."

– Quem ele pensa que é? Deus? Para nos dar um título dessa grandeza – indagou Léa.

– Realmente essa foi demais! E parecia que a Clara e a Karen estavam concordando – disse Denise indignada.

– O que faz esse cara se achar melhor do que os outros? E disse ainda que é uma questão de hierarquia. Ele não entende nada de hierarquia! Um enfermeiro tem sua função muito bem estabelecida, não precisa que um babaca metido a besta venha lhe dizer o que tem que ser feito. Existe um protocolo que regulamenta suas atividades, o trabalho acontece em equipe, cada um com suas responsabilidades! Ora, ora, estou muito furiosa!

– E eu estou chocada!

Um ciclista apareceu de repente no meio delas, interrompendo a discussão. Freou bruscamente e assustou as duas amigas. Léa deu um grito e afastou-se, aproveitou sua fúria naquele momento para descontar no pobre ciclista. No meio dos xingamentos, ela percebeu que o ciclista era Theo e, aos poucos, foi diminuindo a intensidade da sua raiva.

– Poxa, cara, quer me matar de susto? – disse Léa, ainda ofegante.

Theodor, com os olhos arregalados ao ver Léa enfurecida, não conseguiu dizer nada. Léa então deu as costas aos dois amigos e saiu ainda enraivecida, deixando os dois para trás. Denise repreendeu Theo por chegar abruptamente e explicou que Léa estava furiosa por outro motivo, depois explicaria para ele. Theo então fez uma abertura com a perna que estava no pedal, sinalizando para Denise sentar no cano da sua bike, a amiga obedeceu e seguiram na direção de Léa. Ao alcançá-la, ele tentou se desculpar:

– Me desculpe, Léa, não tive a intenção de assustar vocês. A culpa é da Alzira.

Léa e Denise olham para Theo curiosas sobre quem ele estava falando.

– Quem é Alzira? – as duas perguntaram juntas.

– Ah, não deu tempo de apresentá-la a vocês dado a circunstância do momento. Essa é Alzira – aponta para a bicicleta em que estava montado.

As duas amigas esqueceram naquele momento a indignação que as consumia e partiram para a gargalhada. Imaginaram que tipo de ser humano daria nome a uma bicicleta, mas acharam divertido. O ciclista explicou que a bicicleta já estava velha e o freio não funcionava direito. Prometeu que iria dar um jeito na Alzira e que a deixaria de castigo caso ele não fosse perdoado pelo mal que ela causou.

As duas amigas estavam a caminho de uma lanchonete. Elas teriam aula logo no início da tarde, foram lanchar antes. O preço dos lanches naquela lanchonete era bem mais barato que dentro da faculdade, o que possibilitava à Denise vez ou outra se dar ao luxo de não ir comer em casa, além de que naquele dia o tempo estava curto para isso. Léa, solidária à amiga, sempre a acompanhava. Os três seguiram juntos para a lanchonete. Cada um pediu um lanche e dividiram um refrigerante de 1 litro. Léa também pediu desculpa para Theo e explicou o real motivo de seu comportamento agressivo. O rapaz concordou que era um absurdo um professor promover a elitização do curso usando argumentos rasos e que não se sustentavam. Defendeu que o curso por si só já tem sua nobreza, nobreza essa que não está em ter subalternos e boa remuneração, mas sim nas possibilidades de salvar vidas.

A maneira como a ideia do professor inquietou Léa fez Theo ter certeza do caráter bom da moça, uma garota rica que está atenta a questões como essa, que consegue se colocar no lugar das outras pessoas, percebendo o mundo de forma inteira. Que não se fecha no seu mundo perfeito e consegue romper a bolha em que muitos se encontram.

De forma parecida, Theo também deixou uma impressão boa em Léa naquele dia. Ela observou como ele falava da bicicleta velha sem um pingo de vergonha. Pelo contrário, fazia piada da situação da "coitada" ao invés de tentar se explicar para deixar uma boa impressão.

A autenticidade do rapaz foi algo que chamou a atenção, principalmente na hora de propor dividirem o refrigerante. Percebeu nele nenhuma intenção de se mostrar diferente do que realmente é: um rapaz pobre que tem uma bicicleta velha e não tem vergonha disso. Léa diagnosticou de imediato. Das duas, uma: ou era um totalmente sem noção, ou alguém muito interessante, isso ela ia descobrir depois.

5

Faltavam 15 minutos para a meia-noite, Theo enviou uma mensagem para Léa perguntando se ela estaria livre na manhã seguinte. Era uma sexta-feira, feriado, Léa não tinha planejado nada. Estava a fim de ficar em casa com sua mãe, que nos últimos meses reclamava da ausência da filha. Quando Léa viu a mensagem de Theo, sentiu um leve descompasso em seu coração, ficou animada, respondeu com um áudio.

– Se tenho planos para amanhã? Espera aí... Ah, sim, tenho uma conferência sobre a questão da discriminação contra a mulher na lei e na prática. Só que é em Genebra, na Suíça... acho que não vai dar tempo e eu esqueci de comprar minha passagem – disse Léa, brincando.

– Ótimo, tenho algo bem mais interessante para fazermos do que ir para a Suíça, mas precisaremos passar a noite fora de casa, você pode?

Léa hesitou em responder. Passar a noite fora de casa com alguém que não conhecia direito nunca fez parte de seus planos. Sabia que Theo era muito amigo de Denise e possivelmente confiável, mas sabia também que os *serial killers* não têm uma placa escrita na testa os denunciando.

Mesmo assim abriu uma exceção.

– Passar a noite fora, sim, mas com alguém que eu acabei de conhecer eu acho meio arriscado.

– Posso te enviar meus antecedentes criminais para você ficar mais tranquila – brincou Theo.

– Não precisa, vou confiar na minha intuição.

– Oba! Passo na sua casa amanhã às seis e meia da manhã.

– Tão cedo?

– Sim, só preciso que esteja vestida para enfrentar animais silvestres, florestas sombrias e despenhadeiros.

– Como?!

– Brincadeira, vou te passar uma pequena lista de como você deve se vestir para o evento, o resto deixa comigo.

– Ok, mas vou logo avisando que só uso salto em último caso.

– Não se preocupe, isso será a última coisa que você usará amanhã.

Quando Léa leu a lista de itens que ela deveria usar, percebeu que se tratava de algo não tão óbvio, ficou ainda mais animada. Na manhã seguinte, Theo estava na frente de sua casa no horário combinado. Léa entrou em seu carro sorridente:

– Um carro, uau! Achei que íamos de bicicleta – brincou.

– Bom dia, linda garota – cumprimentou Theo.

– Bom dia – ela respondeu.

– Não sei se podemos chamar essa lata velha de carro, mas se quiser, tudo bem, eu e o Tião ficaremos lisonjeados com tal tratamento.

– Não é possível, você deu nome ao carro também? Acho que isso é caso para especialista, psiquiatria talvez!

– Talvez – concordou Theo, despreocupado com o diagnóstico.

– Não sei ao certo aonde vamos, mas já percebi que pode ser arriscado, sabia? Espero que saiba o que está fazendo – disse, completando: – acho que você está tentando ser original, sinceramente acho que não precisa se esforçar tanto, tenho várias amigas que se apaixonaram por seus atuais maridos indo simplesmente ao cinema ou a um show.

– Você está me pedindo em casamento? – perguntou o rapaz.

– Não! – gritou. – Esquece.

Theo tocou o carro com um sorriso maroto nos lábios, achando engraçado o constrangimento de Léa. Seguiram em direção ao pico da Matilde. A base do pico ficava a uns 50 quilômetros da cidade. Dentre esses, 14 quilômetros eram de estrada de terra, levaram mais ou menos uma hora para chegar até lá. A base de acesso à trilha para o pico era de propriedade privada. Um homem controlava a entrada das pessoas na trilha em um caderno velho e mal-cuidado, cobrando uma taxa de quinze reais por pessoa. Dizia que a taxa era referente ao estacionamento.

Quando chegaram lá, após estacionarem o carro e registrarem os nomes e seus respectivos RGs no caderno, Theo abriu o porta-malas do carro e tirou uma mochila enorme de dentro.

– Nossa! Para que tudo isso? – Léa perguntou.

– Precisaremos de muitas coisas, estão todas aqui dentro.

– Tem alguma coisa que eu possa levar para te ajudar?

– Não se preocupe, estou acostumado. Quero que você gaste energia somente com a caminhada, não te contei antes para não te assustar, mas a caminhada é longa.

– Longa?

– Sim, e o caminho não é fácil, levaremos umas 7 horas só para subir.

– Você só pode estar brincando! Eu não estou preparada, nunca subi uma montanha antes.

– Não se preocupe. Se no trajeto você achar que não tem condições de continuar, acampamos no caminho.

– Por que você não me disse antes? Você é doido?

– Confie em mim. Eu confio em você, eu sei que você consegue.

Theo segurou a mão de Léa, olhou fixo para o olho dela.

– Léa, se você quiser te levo para casa agora, não tem problema, não quero te forçar a nada, você não precisa ir, mas eu te garanto que valerá a pena e ainda vai me agradecer.

No caminho para a base do pico, Theo mostrou para Léa as fotos dele tiradas no pico nas outras vezes em que ele esteve lá, justamente para aguçar a curiosidade e alimentar as expectativas de Léa com relação ao passeio. As fotos realmente eram impressionantes. O pico ficava a 1.982 metros de altura, as fotos foram tiradas em um dia frio de inverno, quando a paisagem fica mais bonita devido à limpidez do ar. Algumas nuvens abaixo do cume no fundo das fotos pareciam algodão. Foi isso que fez ela pensar melhor e seguir em frente.

O início da trilha era relativamente fácil, com várias árvores. O caminho ainda não era tão íngreme. Após uns vinte minutos de caminhada, as árvores foram rareando. A partir dali, a maior parte era campo aberto. Com uma hora de caminhada, chegaram ao primeiro ponto de descanso, onde os montanhistas costumam parar para descansar e apreciar o início da trilha. Daquele ponto, Theodor desenhou com o dedo – apontando para a floresta à frente – o longo caminho que percorreriam na próxima fase do percurso. Theodor tirou a enorme mochila das costas, abriu-a e pegou duas maçãs de dentro, ofereceu uma a Léa.

– Olha só, acho que meu guia é mesmo prevenido, gostei – pegou a maçã e começou a devorá-la.

– Você não é capaz de imaginar as coisas que eu trago aqui dentro. Então, o que me diz até agora? – perguntou Theo.

– Tudo certo, vou guardar as reclamações para o final da trilha – Léa respondeu.

– Inteligente da sua parte. Sabia que a mente exerce um poder enorme sobre o corpo? A gente só precisa saber usá-la em benefício próprio. Se você está realmente determinado a realizar algo, vai conseguir com certeza. Você está determinada a chegar ao cume?

– Você não me conhece, vou surpreender você – lançou em Theodor um olhar desafiador.

Léa pegou a enorme mochila que estava no chão, com um único impulso colocou-a em suas costas e retomou a trilha deixando Theodor para trás. Ele ficou admirado com a atitude dela e começou a perceber que, apesar de sua doçura, a garota carregava traços fortes em sua personalidade. Olhou para ela à sua frente com aquela enorme mochila nas costas. A mochila era quase maior que ela, o peso fazia bambear as pernas da obstinada moça, levando-a para fora da trilha algumas vezes. Theo correu para alcançá-la e tomou a mochila dela quase que à força. Os dois caíram no riso após a disputa pela mochila.

Ao entrar na floresta, passaram por uma nascente de água que vinha da montanha, ali se refrescaram e descansaram um pouco. Theodor completou o cantil com a água da nascente e adicionou nele uma pastilha de cloro para prevenir uma possível contaminação. Logo em seguida, recomeçaram a caminhada.

Ao saírem da nascente, encontraram dois mochileiros vindo no sentido contrário, provavelmente acamparam no pico na noite anterior e estavam voltando para base naquele momento.

Theodor e Léa pararam e encostaram nas árvores na trilha para dar passagem para os montanhistas. O primeiro cumprimentou os dois com um bom dia e eles responderam de igual maneira. Com o segundo, Léa se viu em uma situação que jamais tolerou. Para sua surpresa, no lugar de bom dia, ele soltou de sua boca contaminada pela sua mente preconceituosa algo que a deixou muito irritada:

– Qualé, patricinha! Não consegue carregar suas coisas não? Precisou trazer o empregadinho para fazer o serviço pesado?

Léa ficou enfurecida com o rapaz, lançou um olhar furioso, começou a chamá-lo de preconceituoso e a atribuir-lhe outros adjetivos pejorativos, até que Theodor lhe pediu para se acalmar.

– Está tudo bem, Léa, se acalme.

– Mas esse quadrúpede imbecil está pensando que você...

– Léa, calma, quem liga para isso? Algumas coisas não merecem nossa importância – disse Theodor tranquilamente.

– Eu ligo! – irritou-se mais ainda.

Theodor segurou uma das mãos de Léa com uma mão e com a outra segurou sua nuca forçando-a a olhar para ele.

– Olha para mim, nos meus olhos. Vou te pedir uma coisa: quero que guarde toda essa ira para mais tarde, quando estiver exausta pela subida, não gaste energia com coisas que não valem a pena. Chegar ao cume do pico eu te garanto que vale cada suor do nosso corpo, será uma energia gasta por algo grandioso, você vai entender quando chegar lá em cima. Gastar energia com isso que acabou de acontecer é bobagem, além de ser inútil.

– É que...

– Chiiiu – soltou um som esvaziando o pulmão lentamente e bem baixinho, colocando suavemente o dedo indicador na boca de Léa.

– Está bem! – Léa se acalmou e voltaram à caminhada.

Quase duas horas depois, os dois estavam no meio de uma floresta úmida, os troncos e galhos das árvores estavam cobertos com musgo, o que causava uma impressão de que aquelas árvores nunca foram tocadas. E não foram. Elas eram grandes com folhas apenas na parte de cima. A vegetação do solo era baixa, cerca de um metro, era uma espécie de samambaia ou coisa parecida. Léa achou o cenário encantador, com um certo suspense ao mesmo tempo.

Aquilo lhe dava uma sensação de tranquilidade.

À sua frente, na trilha, Theodor ia passando por um tronco gigante que estava caído no chão. Havia toda aquela paisagem ao fundo, o que foi suficiente para fazer com que Léa pedisse a Theodor que parasse exatamente onde estava para que ela tirasse uma foto dele. Os dois aproveitaram o tronco para descansar e comer um sanduíche ao som dos pássaros e insetos ao redor deles.

– Desculpe-me, mas preciso falar sobre o que aconteceu lá atrás com aquele cara – Léa disse, pegando o sanduíche e dando uma imensa mordida, estava faminta.

– Esquece isso.

– Humm! Sanduíche delicioso!

– É sua fome, a comida fica mais apetitosa quando estamos com fome. De qualquer forma, obrigado!

– Você que fez? – perguntou, admirada.

– Não, estava tudo feito, eu somente montei – sorriu.

– Teve o cuidado de montar, parabéns! – deu outra mordida, dessa vez com menos voracidade, e continuou falando. – Não sei se é correto admitir que as pessoas digam coisas sobre nós da maneira que aquele cara fez, ele insinuou que você é meu serviçal, qual o problema de um homem, ainda mais no seu caso, forte e cheio de disposição, carregar uma mochila para uma mulher?

– Nenhum.

– Eu fico irritadíssima com certas atitudes, fiquei muito chateada porque aquele imbecil me tomou como frágil e incapaz de carregar uma mochila. Você percebe, não é? Fico indignada por causa do preconceito que as pessoas trazem à tona com o que veem. Ele foi preconceituoso, isso é um absurdo, disse que você é meu empregadinho! Será que não passa na cabeça dele que podemos ser amigos, colegas de trabalho apenas ou, quem sabe, sei lá, namorados, por exemplo?

– Hum, gostei dessa parte.

– Não brinca – ela ri com a insinuação. – Isso é coisa séria.

– Eu falei sério, gostei dessa parte.

– Você não tem jeito. Parece que não está nem aí, quero que se importe, quero que fique indignado agora ou então voltarei daqui mesmo! – Léa falou com tom de autoridade.

Theodor, olhou para Léa com espanto, se levantou rapidamente, correu na direção de uma pedra alta, 5 metros atrás na trilha onde passaram e a escalou com uma velocidade incrível. Ficou em pé na pedra e começou a gritar.

– Volta aqui, seu ordinário de uma figa. Repete o que você falou se for homem, seu cretino. Vou lhe ensinar a tratar as pessoas com respeito, seu miserável!

Deu uma olhada de canto de olho em Léa. Nesse momento ela não conseguiu manter a indignação que insistia em incomodá-la e se rendeu à tentativa bem-humorada de Theo de fazer aquilo tudo parecer engraçado. Com a mão na barriga e com lágrimas nos olhos de tanto rir daquela cena hilária, Léa mal conseguiu abri-los, o rapaz continuou sua encenação:

– E não volte mais aqui, seu... seu.... – virou-se para Léa e disse: – Acho que ele ficou com medo, daqui já não estou o avistando.

Quando Léa se recompôs depois de rir tanto, eles retomaram a caminhada. No caminho ela foi refletindo sobre Theodor, sobre como se sente bem e segura com ele, como ele faz ela se sentir especial e como consegue tornar tudo ao redor menos pesado. É como se ele fosse o descanso que ela procurava. Ele a fazia esquecer injustiças e a maldade das pessoas, ele a transportava para um lugar pacífico onde todos são iguais e ninguém tem vaidade e soberba.

Talvez esse seja o mundo onde Léa sonhava em viver e quem sabe ela esteja projetando em Theodor uma fantasia. Os apaixonados projetam em suas paixões qualidades que, na maioria das vezes, são superestimadas. Mas Léa era instintiva, não poderia estar enganada com alguém que transmite coisas boas. Se os frutos são bons, a árvore não podia ser diferente.

Léa estava se convencendo de que Theodor era uma pessoa de coração puro, ela mal acreditava que tinha encontrado alguém assim.

Quando saíram da floresta, logo entraram em uma clareira. De lá se avistava claramente o pico, parecia que estavam bem perto, mas ainda restava uma hora e meia de caminhada. Quando Léa viu aquele enorme paredão na sua frente ficou impressionada.

– Uau!

– Vamos subir esse paredão – disse Theodor.

– O quê? Sério?

– Não se preocupe, é mais fácil do que parece.

Léa olhava para ele incrédula, mas não discutiu. A escalada não era tão fácil assim, mas também não era demasiadamente difícil, se a pessoa não tem medo de altura tudo se torna mais tranquilo, Léa não tinha medo de altura.

O paredão era bem íngreme, praticamente vertical. A escalada era acessível devido aos grampos instalados na rocha, feito escada, a subida era como escalar uma escada de madeira antiga usada para subir no telhado, a diferença é que aquele paredão tinha vários metros de altura e uma olhada para baixo, quando já se encontrava na metade do caminho, fazia o montanhista iniciante refletir se era uma boa ideia aquela aventura. Mas o visual logo após terminar a escalada compensava qualquer frio na barriga. Léa cumpriu aquela etapa brilhantemente. Poucas foram as vezes em que Theo teve que ajudar.

A partir dali, mais meia hora caminhando e estariam no local de acampamento, a poucos metros do cume.

O local do acampamento era relativamente pequeno, cerca de 200 metros quadrados, razoavelmente plano, com vegetação baixa. A vista, incrível, era de quase 360 graus, não fosse pelo cume que se avistava daquele ponto.

Theodor foi direto procurar o melhor lugar para acampar, encontrou um espaço aberto rodeado de vegetação com o intuito de se esconder do vento. Tirou a mochila das costas, sacou a barraca de dentro e começou a montá-la. O vento de aproximadamente 14 km/h dificultava o trabalho, Léa o ajudou na tarefa.

Após montar a barraca e descansarem um pouco, deram início à última etapa do percurso, desta vez sem o peso da mochila. Essa parte era uma das mais difíceis devido à subida pelas pedras que serviam como degraus, mas Léa nem percebia o esforço devido à adrenalina de estar quase no cume. Este, antes visto de tão longe, estava agora ali, à sua frente. Uma sensação de realização por estar prestes a cumprir uma tarefa nada fácil começou a tomar conta de Léa.

Enfim, após uma passagem por um caminho estreito com despenhadeiro dos dois lados e uma grande curva em espiral em volta da ponta do pico, chegaram ao cume.

Léa mal podia acreditar, ficou impressionada com o que via, podia avistar muitos quilômetros à frente. A expressão em seu rosto era de pura satisfação, olhava para Theodor com olhar de agradecimento. Theodor não conseguia contemplar a paisagem, pois não tirava os olhos de Léa. Estava feliz por ser responsável em causar nela aquela sensação. Ele se lembrava muito bem da primeira vez em que esteve ali, sabia exatamente o que ela estava sentindo.

Após explorarem o cume inteiro, pararam em um ponto onde dava para ver o braço do mar e até mesmo uma pequena cidade. Theodor identificava para Léa os locais a quilômetros de distância e ela, atenta, ouvia tudo e apontava para outros lugares querendo que ele identificasse. Ela apontou um que ele não fazia ideia do que seria.

– É um aeroporto de OVNIs, mas faz parte de um projeto da Rússia, é ultrassecreto – ele respondeu.

Léa olhou para ele e franziu a testa.

– Sim, é verdade. Agora que sabe, você se tornou uma ameaça, seus passos serão monitorados, jamais deixarão você sair desse planeta.

– Seu bobo! Agora fala sério, por que você me trouxe aqui?

– Eu te trouxe aqui porque queria te dar algo que o dinheiro não compra. Essa experiência é única. Eu sei disso porque para mim foi assim e tenho certeza de que para você também está sendo, mas sabe de uma coisa? Para mim também está sendo incrível ver sua expressão diante de tudo, isso é muito gratificante.

– Você tem razão, estou tocada com tudo isso. Obrigada.

Após um tempo se olhando, viraram o rosto para o horizonte e contemplaram mais alguns minutos o prêmio conquistado após quase 8 horas de caminhada. Na frente deles, um mundo inteiro: montanhas, florestas, cidades, estradas e até o mar. Seus olhos alcançavam a imensidão e seus pés, ali no chão, a maravilha de poder contemplar a criação. A sensação era de sentir-se pequeno, mas nem por isso insignificante, e ao mesmo tempo tão forte e capaz, mas nem por isso soberano. Estava tudo ali, diante de seus pés, o mundo inteiro.

– Este é o meu presente para você, Léa.

Léa sorriu docemente.

– Venha, temos que escrever algo no caderno – disse Theo.

– Que caderno?

Após alguns passos em direção ao centro do cume, Theodor tirou um caderno de dentro de uma caixa de concreto. Na maioria dos cumes, os montanhistas deixam um caderno em uma caixa, a fim de proteger dos raios de sol e da chuva. Nesse caderno, é possível deixar uma mensagem como recordação de quem esteve lá, às vezes são encontradas mensagens de agradecimentos, de pedidos ou até mesmo apenas uma assinatura com a data do dia em que se esteve no cume.

– Este caderno – mostrou o caderno para Léa.

– Humm, deixe-me ver... Interessante, vou relatar aqui a sensação que estou sentindo, pode ser?

– O que você quiser.

Léa escreveu uma mensagem de quatros linhas onde agradeceu a Theodor no final. Logo abaixo Theodor escreveu "Léa e Theo" datou e circulou com um coração.

– Quantos anos você tem Theo? – perguntou rindo. – Um homem desse tamanho desenhando "coraçãozinho", você já conquistou alguém desenhando assim?

– Sempre tem uma primeira vez – respondeu ele.

Cinquenta minutos depois, estavam de volta ao acampamento. Theodor foi até uma pequena mina pegar água para preparar a refeição, voltou com a água e com um punhado de graveto na mão. Na sua mochila, havia levado uma panela pequena e um liquinho para cozinhar o macarrão instantâneo. Levou também tomates, sal, azeite e um pacote de carne seca a vácuo, tudo muito bem armazenado em recipientes apropriados.

Enquanto Theodor preparava o jantar, Léa, sentada em um banquinho dobrável que Theodor também levou acoplado em sua mochila, contemplava, ora o horizonte, ora o cume do pico.

Já estava quase anoitecendo. Enquanto o macarrão cozinhava, Theodor admirava Léa naquele momento de contemplação.

– Tem alguém aí? – perguntou Theodor.

– Nunca estive tão presente, Theo, me desliguei totalmente do resto do mundo.

– É isso que as montanhas causam na gente. É bom, não é?

– Sim!

Theodor sentou ao seu lado no chão.

– Sabe o que eu sinto quando estou aqui?

– Diga.

– Eu me sinto mais perto de Deus. Imagino que aqui, no alto, Ele me vê mais facilmente. Não precisa me dizer que é absurdo, afinal sabemos que Ele não está exatamente acima de nossas cabeças, no céu, como nas pinturas de Michelangelo, mas me sinto mais perto. Acho que não é pela altura, já que estamos literalmente nas nuvens, talvez seja pelo fato de estarmos mais focados no nosso próprio interior, sem a intervenção do meio em que convivemos, afastados daquilo que rouba nossa essência. A sensação de isolamento, ao contrário de me fazer parecer distante, me faz mais presente. É confuso, mas é assim que eu me sinto.

– Sim – Léa respondeu animada – estou entendendo. Para mim, a sensação é de que nada mais existe, até me esqueci das injustiças do mundo, do sofrimento das pessoas em filas de hospital, da desigualdade social, do racismo, do ódio e egoísmo no mundo... Estou me sentindo incrivelmente alienada... e estou adorando!

Theo riu da última parte da conclusão de Léa.

– O macarrão já deve estar cozido, vamos? – convidou Theo.

Quando terminaram de comer, o sol já tinha se posto. Eles lavaram as cumbucas e os talheres que usaram na refeição com a água que Theodor pegou na mina e guardaram tudo na mochila. Theodor pegou os gravetos que tinha apanhado no caminho de volta da mina e fez uma pequena fogueira, depois pegou o colchonete de dentro da barraca e colocou do lado de fora, ao lado da fogueira. Enquanto isso, as estrelas começaram a aparecer no céu, uma após outra, até que todo o céu ficou repleto delas.

Theodor se dirigiu a Léa e a convidou para se deitar no colchonete para apreciarem o show.

– Pedi pra Deus caprichar no espetáculo desta noite porque você estaria aqui hoje – Theodor olhou para cima e mostrou o céu estrelado para Léa.

Ele se deitou no colchonete de costas e direcionou seus olhos para as estrelas. Léa, meio envergonhada e meio desconfiada, deitou-se ao seu lado na mesma posição.

– É lindo, Theo! Acho que Deus atendeu seu pedido. Você realmente é muito bem relacionado!

– Se você for boazinha, falo de você para Ele.

– Ah, sim. Vou tentar me comportar, mas não garanto que conseguirei.

Theodor levantou o tronco e a cabeça. Apoiou-se com o cotovelo no colchonete e lançou seu olhar para Léa, que continuou olhando as estrelas.

– Ser boazinha comigo será muito fácil – ele disse. – Você só precisa me conceder um desejo.

Léa, sem olhar para Theodor, respondeu.

– Ah, um desejo, sei. Por que você não pede para aquela estrela que está caindo exatamente agora? Veja... Dizem que estrelas cadentes realizam desejos.

Theodor olhou para cima, conseguiu alcançar os olhos na estrela caindo e mentalizou rapidamente o desejo.

– Ufa! Consegui fazer o pedido antes dela cair completamente.

– Que bom! Agora é só esperar acontecer.

– Não é assim que funciona, não precisa esperar. A estrela cadente realiza os desejos, como você mesma disse. Meu desejo está pronto, vou pegá-lo agora.

– Vai onde pe....

Theodor, em um movimento rápido, aproximou sua boca da boca de Léa, interrompendo-a, e beijou-a lentamente, saboreando seus lábios bem devagar, com toda a delicadeza que aqueles lábios tão desejados mereciam. Os lábios de Léa naquele momento entregaram-se aos dele com tamanha vontade que nem ela mesma tinha consciência. O céu era testemunha da libertação do desejo que ambos sentiam e se expandia naquele momento. O encaixe de seus corpos se fez de forma sublimemente prazerosa. Nesse momento, sentiram o entrelaçar de suas almas, sentiram a mão de Deus os unindo para sempre.

Na manhã seguinte, Theo levantou logo que o sol nasceu, acordou Léa com um beijo e ofereceu o copinho de café quente que acabara de passar. Desmontaram o acampamento e iniciaram a descida de volta.

A descida parecia ser mais fácil para Léa, no entanto exigiu mais da moça. À medida que ela descia, seu corpo concentrava sobre sua perna todo o peso que era amortecido pelos joelhos, que, no final da trilha, ficaram bem prejudicados. Mas isso não foi suficiente para tirar ou ao menos reduzir a felicidade da bela moça.

Theo deixou Léa no portão de sua casa. Despediram-se rapidamente devido ao cansaço que sentiam por causa da trilha. Esperou-a entrar e tocou o carro. Imediatamente enviou um áudio para Denise:

"Oi Denise, precisamos conversar, quero te contar sobre o acampamento" – enviado por Theo.

No mesmo instante, Léa também enviou um áudio para sua amiga:

"Denise, você não vai acreditar, precisamos nos falar, não consigo guardar isso só para mim. É sobre o acampamento com Theo" – enviado por Léa.

Denise recebeu um áudio e logo em seguida o outro. Após alguns segundos mais um e depois novamente outro.

"Não, esquece, acho melhor não, quer dizer... sim, foi incrível, Denise, acho que a Léa gostou também ... será, Denise? Será que ela gostou de estar comigo? Precisamos conversar, Denise" – enviado por Theo.

"Nunca imaginei que pudesse ser assim... tenho que te contar. Foi lindo, tudo lindo, Denise... Estou um caco, mas estou tão feliz. Me responda, Denise, por que você não me responde?" – enviado por Léa.

"Você está ocupada? Estou vendo aqui no notificador de recebimentos de mensagens que você está ouvindo. Ah, Denise, sua linda! Vou explodir de felicidades!" – gritou. Enviado por Theo.

"Vou tomar banho agora, mas, assim que eu sair do banho, vou fazer uma chamada de vídeo com você, um beijo sua gostosa" – rindo. Enviado por Léa

Denise estava sendo bombardeada por áudios enviados pelos jovens enamorados que tinham acabado de descobrir o amor. Ela respondeu assim que parou o ataque.

6

A agenda de Léa estava lotada, na semana seguinte seriam apresentadas na cidade diversas oficinas, palestras e shows referentes à cultura afrodescendente para comemoração do dia da consciência negra. Sempre que podia, Léa auxiliava os membros de uma associação que lutava pelas causas de afirmação, empoderamento e igualdade de direitos dos negros na cidade. Ela conheceu o grupo através da empregada doméstica que trabalhava na casa de seus pais, interessou-se pelo assunto e um dia foi fazer uma visita para entender melhor como funcionava. Acabou se envolvendo com o grupo e passou a participar de eventos relacionados ao tema quando tinha disponibilidade.

Naquele ano, Cleide Francisco, líder da associação, convidou Léa para dar uma palestra sobre a saúde dos negros no Brasil. A princípio, ela recusou, dizendo que ainda não era formada e não tinha competência suficiente para palestrar sobre o assunto. Cleide insistiu e Léa acabou concordando, pediu ajuda para Denise e as duas prepararam o conteúdo e ministraram juntas a palestra.

Theo enviou uma mensagem para Léa a fim de saber como ela estava depois da aventura no pico da Matilde. Fez isso no dia seguinte ao passeio. Léa estava aguardando a mensagem, ponderando que, se ele não entrasse em contato logo no dia seguinte, isso poderia ser um mau sinal. Estava acostumada a ouvir as histórias de suas amigas sobre caras que conheciam, encontravam-se uma vez e nunca mais davam sinal de vida. Chegou a ficar apreensiva momentos antes da mensagem de Theo. Questionou-se se havia sido inconsequente em ser tão permissiva, tinha jurado a si mesma que não cometeria esse erro, que jamais cairia na conversa mole de ninguém, que não anteciparia as coisas antes de ter certeza sobre o caráter da pessoa. Apesar de ser amigo de Denise e ela sempre falar dele com carinho, que garantia ela tinha sobre sua idoneidade? No entanto, quando lembrava da noite na montanha com Theo, só vinha em sua mente a emoção que sentiu naquele momento, o turbilhão de sensações que nunca antes havia sentido, o frenesi que tomava conta do seu corpo. E não conseguia se arrepender.

Theo tinha a intenção de convidar Léa para se encontrarem novamente, mas não sabia ao certo se agora não era o caso de irem a algum restaurante ou algo que caracteriza um encontro de verdade entre um casal. Queria demonstrar que não estava de brincadeira e queria assumir um compromisso com ela. Levá-la a um restaurante poderia ficar caro. Na verdade, não tinha nem noção do valor de um restaurante razoavelmente bom na cidade e não queria correr o risco de não ter dinheiro para pagar. Também não queria assustar a moça com mais um convite para um passeio que exigiria certo empenho, como o que fizeram no feriado subindo o pico, tampouco ir a algum lugar que ele não gostasse, como uma balada, só para agradar sua pretendente. Isso não seria autêntico de sua parte.

Theodor, apesar de extrovertido na companhia de parentes e amigos, é tímido em outras situações, sente-se confortável quando se encontra em meio a pessoas conhecidas, é atencioso e comunicativo, porém prefere aproveitar seu tempo vago longe das multidões, em lugares calmos e com pessoas de seu convívio ou até mesmo com novos amigos, desde que tenham o perfil ideológico parecido com o seu. Ângelo cansou de convidá-lo para ir às baladas da cidade conhecer garotas, pessoas diferentes, mas nunca conseguiu essa proeza. Deu graças a Deus que o aniversário de Denise seria em um lugar tranquilo onde ele pudesse conversar com as pessoas sem precisar gritar para ser ouvido, como nas baladas que Ângelo frequentava.

Theo ainda não sabia que, assim como ele, Léa também não gostava de balada. Chegou a acompanhar Clara e Karen algumas vezes por falta de opção, mas preferia os bares tranquilos e aconchegantes da capital. Depois da trilha que fez com Theo até o pico da Matilde, descobriu que amava a natureza. Estava ali vivendo um momento lindo que a natureza proporcionou com todas as pompas necessárias para algo tão importante em sua existência. Aquilo ficaria marcado em sua vida, nunca mais deixaria de se sensibilizar ao ver a lua e as estrelas.

Theo e Léa tinham coisas em comum, coisas importantes quando se pensa em levar uma vida juntos. Uma delas é a maneira como eles costumavam se divertir, ambos gostavam de frequentar lugares calmos, sem muito agito. Gostavam também de conhecer lugares novos. A diferença é que Léa ia muitas vezes de avião e Theo, de bicicleta, ou, se tivesse dinheiro para o combustível, de carro.

No impasse de não saber onde levar Léa, após terem tido uma experiência incrível juntos, Theo pediu um conselho para Denise em um dos áudios enviado na noite anterior. Explicou seus anseios e dúvidas sobre esse segundo encontro. Denise respondeu ao áudio de Theo lhe dando um sermão de brincadeira.

"Espero que não esteja pensando em marcar esse encontro no sábado, você se esqueceu que temos um compromisso, senhor Theodor?"

Theo havia esquecido completamente o compromisso que tinha marcado com Denise. O casal de amigos tinha combinado há duas semanas fazer um passeio em uma estrada que, segundo diziam, era muito bonita, um passeio que valia muito a pena. Denise e Theo eram de outro estado e não conheciam todos os lugares turísticos da região, por isso, sempre que possível, faziam esse tipo de desbravamento. A estrada é tão bela que recebeu o nome de Estrada da Graciosa, fica a aproximadamente 40 km de Curitiba. O trecho passa pela Mata Atlântica e dá acesso a Morretes e Antonina, duas cidades pequenas e turísticas da região. Tinham combinado ir até a primeira. Quando Theo ouviu o áudio de Denise, sentiu-se envergonhado de ter esquecido seu compromisso com ela, mas esse sentimento se dissipou quando lhe veio à mente que o local era ideal para ir com Léa, então perguntou à Denise se podia incluir Léa no passeio e ela respondeu:

"Claro que sim, não precisava nem perguntar, será muito divertido, levarei uma vela para segurar" – ponderou entre risos.

Theo então convidou Léa para o passeio, e deixaram agendado. A moça comentou sobre sua agenda lotada naquela semana, contou que daria uma palestra juntamente com Denise e convidou-o para assistir. Theo respondeu que não podia confirmar devido ao seu trabalho ser no período da noite e no horário da palestra estaria dormindo, mas tentaria ir. E foi, chegou no final, mas conseguiu ver a desenvoltura brilhante da sua futura namorada palestrando.

Quando terminou a palestra, Theo se aproximou de Léa e cumprimentou-a com um beijo leve na boca. Léa ficou sem reação, não esperava que ele fosse decidido a esse ponto, ficou feliz com a surpresa. Cleide que estava presente, presenciou a cena, não sabia que Léa estava namorando. Deu um sorriso e disse:

– Que casal mais lindo! Você não me contou que estava namorando Léa.

Ao ouvir aquilo, Léa e Theo se entreolharam, refletindo sobre o que Cleide disse sobre "namorando". Não tinham pensado sobre qualquer forma de oficialização daquilo que estavam vivendo, era cedo demais para isso. No entanto, Theo sabia muito bem o que queria, então aproveitou a deixa de Cleide.

– Estamos? – perguntou para Léa.

Léa olhou para Cleide e depois para Denise, logo em seguida voltou o olhar para Theo. Encontrou-se em uma situação inesperada. Sem saber direito o que responder, fez um sinal com a cabeça afirmando que sim, na mesma hora seus ombros se moveram para cima e para baixo como se dissessem tanto faz. Fez isso inconscientemente só para disfarçar que já estava completamente rendida.

– Espero que vocês estejam preparados para os olhares curiosos e intrigados – disse Cleide referindo-se a diferença de cor de pele do casal.

– Com emoção é mais legal – respondeu para Cleide um Theo todo sorridente.

Com mais um beijo, desta vez mais demorado, oficializaram a relação que iniciaram na montanha. Aproveitaram o encontro para organizar o passeio até Morretes pela Estrada da Graciosa.

Theo e Denise não conheciam a estrada, ao contrário de Léa que já havia feito o passeio na companhia de seus pais. Há alguns anos, o pai de Léa levou ela e sua mãe para experimentarem o famoso barreado, comida típica da cidade. Um prato feito com carne bovina, acompanhado de banana e farofa de mandioca. O nome do prato vem da expressão "barrear a panela". Não com barro, mas com uma liga feita de farinha de mandioca, cinza de fogão e água fervendo, isso é feito para não perder a fervura. Há uma outra versão para o nome dado ao prato, que é devido ao fato de ele ser feito em panela de barro. No caminho, Léa relatou a lembrança que ela tinha do prato. Contou que os garçons faziam uma brincadeira com os clientes, eles misturavam o barreado com a farofa no prato do cliente e viravam sobre a suas cabeças, a consistência era tal que a comida não caia do prato. Léa contou como ficou assustada com medo do garçom encher seu cabelo de barreado, ainda era adolescente e não passou pela cabeça dela que isso não iria acontecer. Obviamente seus pais presumiram que não se passava de uma brincadeira.

Saíram da rodovia e passaram pelo portal, uma espécie de cartão postal da estrada. As belas paisagens já podiam ser observadas logo em seguida. No início do trecho, a estrada era de asfalto e não demorou muito para as primeiras hortênsias receberem os visitantes com toda a beleza e exuberância que lhes é comum. O caminho estava repleto delas, lindas e azuis, contrastando com o verde escuro da Mata Atlântica. Elas conduziram os visitantes até o início da sinuosa estrada, dando as boas-vindas de uma forma que nenhum outro anfitrião sabe fazer. O asfalto acabou e deu lugar às pedras irregulares, bastante escorregadias, e as hortênsias não os abandonaram. Acompanharam-lhes a cada curva fechada daquela descida íngreme. Os carros desciam vagarosamente para evitar acidentes, o que permitiu a eles observar melhor a estrada. Vez ou outra, quando a mata se abria, era possível apreciar a serra, isso se a neblina não estivesse presente. Theo apreciava tudo com uma imensa satisfação, sentia-se satisfeito e feliz. Apesar de Léa já ter estado lá, também ficou admirada com o caminho. Não teria como ser diferente, uma estrada linda, um caminho pitoresco com frescor da Mata Atlântica e o conforto do seu SUV sem precisar dirigir. Convenceu Theo a irem com o carro dela e a dirigi-lo, disse que o carro dele podia dar uma pane igual aconteceu com a sua bicicleta outro dia. Naquela descida podia ser fatal, não queria correr o risco.

Fizeram a primeira parada em um quiosque perto da ponte de ferro sobre o rio Mãe Catira, logo no final da descida da serra. No caminho, há vários quiosques que oferecem caldo de cana, pastéis, doces artesanais, produtos feitos à base de milho verde, dentre outras coisas. Pararam para tomar caldo de cana. Denise estava pedindo para parar desde o primeiro quiosque, mas foi convencida por Léa de que aquela seria uma parada mais agradável devido à ponte que é feita de grade de ferro na parte destinada a pedestres, tornando assim possível observar o rio que passa por baixo dela. A ponte é pequena e relativamente baixa, mas ainda assim eles viram algumas pessoas amedrontadas ao passar por ela. A água é cristalina e gelada, assim como em todos os riachos da região, o volume de água é pequeno e o fundo é composto por um apinhado de pedras de todos os tamanhos. Após tomarem o caldo de cana com direito a "chorinho", foram até a ponte para tirar algumas fotos.

Após retomarem o trajeto, dentro do carro, Léa e Denise comentaram sobre a palestra que deram e os eventos de que conseguiram participar na semana que se passou. Denise confessou que não entendia direito os termos usados para os afrodescendentes e que sua dúvida foi sanada em uma palestra da qual havia participado. A palestrante falou sobre a classificação das raças da população brasileira. Segundo ela, o Instituto Brasileiro de Geografia e Estatística (IBGE) classifica em cinco tipos diferentes de cor e raça: branca, preta, parda, amarela e indígena. No entanto, no que diz respeito à denominação usada para os afrodescendentes, ela vai além dessa classificação. A discussão em torno disso pode levar a conclusões diferentes, variando muito de comunidade para comunidade ou de pessoa para pessoa. Por isso, hoje em dia, muitos se confundem na hora de usar o termo certo ou apropriado. Após Denise explanar rapidamente sobre o assunto, Léa perguntou para Theo qual era sua opinião.

– Sempre me confundi com essas denominações, pra ser bem sincero. Para começar, sempre pensei que o termo correto fosse raça negra e não preta.

– É justamente isso que foi explicado na palestra. Embora o termo utilizado pelo IBGE para a definição de raça para afrodescendentes seja parda e preta, existem grupos que se denominam negros e não aceitam serem chamados de pretos, julgam pejorativo. Outros não, preferem ser chamados de pretos por se tratar de referência à cor que é oposta à branca e não gostam da origem da palavra negro que vem do latim e significa escuro ou escuridão, considerando, isso sim, depreciativo – explicou Léa.

– Mas existem outros termos como mulato e crioulo – disse Denise.

– Sim, mas são pejorativos também. Isso não foi a palestrante que disse, eu li em uma cartilha feita pela Secretaria de Justiça e Cidadania do Distrito Federal, que foi elaborada com o intuito de alertar a população sobre palavras e termos que, apesar de serem usados comumente, propagam o racismo sem ninguém se dar conta. Segundo a cartilha, a etimologia da palavra mulata vem do cruzamento de burro com égua, que gera a mula. Na época da escravidão os senhores donos de escravas abusavam sexualmente delas e muitas engravidavam, os filhos eram chamados de mulatos por serem fruto de uma relação entre um homem branco e uma mulher negra.

– Que horror! Isso é revoltante – disse Denise.

– Já crioulo, foi o nome dado aos filhos de escravizados que nasceram no Brasil – completou Léa.

– Nossa Léa, você anda pesquisando sobre o assunto? – perguntou Denise.

– Sim. A informação é muito importante no combate ao racismo. Você não deu sua opinião Theo, quero ouvir.

– Eu acho que o termo é o de menos, o problema está na intenção e na maneira de falar, as pessoas podem ser extremamente ofensivas sem dizer uma só palavra, apenas num olhar de menosprezo. Quem já sentiu isso sabe do que eu estou falando, elas podem te humilhar e fazer você se sentir o pior dos humanos, isso sem te chamar de qualquer termo que julgue pejorativo. Da mesma forma, é possível te lançarem os mais profanos insultos e te mandarem para os mais distantes lugares e você ainda achar engraçado.

– Concordo – disse Denise.

– Protesto! – gritou Léa. – Você está fugindo da pergunta, isso que você está dizendo é muito óbvio, já passamos desse nível – disse Léa inconformada com a resposta.

Theo e Denise caíram na gargalhada com a reação previsível de Léa. Estavam a poucos quilômetros da cidade, as pedras irregulares e as hortênsias há tempos ficaram para trás, mas o caminho ainda era belo. Muitas palmeiras em ambos os lados da rodovia enfeitavam a estrada, as bananeiras com suas folhas largas faziam a sua parte na decoração, deixando o lugar ainda mais verde. As montanhas ao fundo e os riachos cristalinos que naquele trecho acompanhavam o caminho, dando de vez em quando o ar da sua graça, completavam o cenário naturalmente admirável.

Fizeram outra parada antes de chegar à cidade e, ao passarem por uma ponte, avistaram um grupo de pessoas descendo o famoso rio Nhundiaquara. Estavam todos montados em boias de câmara de ar de pneus de caminhão, as pedras do rio serviam como obstáculos que proporcionavam elevações na água, formando corredeiras que davam emoção à descida. Theo ficou empolgadíssimo com aquilo. Disse que, se soubesse que as pessoas faziam boiacross naquele lugar, teria se programado melhor para também se aventurar naquela descida de boias.

É possível encontrar na região várias pousadas, o lugar é propício para quem gosta de tranquilidade e natureza. Muitos turistas vão até Morretes de trem, o passeio é bem agradável, proporciona o contato bem próximo à Mata Atlântica sem o esforço que os mochileiros comumente fazem para tal experiência. O trem passa pela estação Marumbi, onde está concentrado um complexo de montanhas que recebeu o nome de Conjunto Marumbi. Muitos montanhistas acampam no pé do conjunto Marumbi e fazem a subida até os picos das montanhas do conjunto. Os picos são altos o suficiente para poderem ser avistados de longe – o Olimpo, com 1539 metros de altura, é o maior deles. Foi batizado assim em homenagem a Joaquim Olimpo Carmeliano de Miranda, que liderou uma comitiva de homens que pisaram pela primeira vez no ponto mais alto do Conjunto Marumbi.

Assim que Theo avistou o conjunto, ficou empolgadíssimo para fazer a caminhada até o cume. Já tinha ouvido falar sobre o aglomerado de montanhas, mas ainda não havia tido tempo de conhecê-las. Theo fez Léa prometer que o acompanharia na subida do conjunto em uma próxima vez.

– Temos que estar lá em cima Léa, deve ser incrível!

– Acho que eu não vou sair inteira desse relacionamento – comentou com Denise.

O sol, que durante a descida pela estrada aparecia e se escondia alternadamente, resolveu ficar de vez a partir do momento em que eles adentraram a pequena cidade. Seguiram até o centro, que ficava a poucas quadras da entrada.

Estacionaram o carro assim que conseguiram uma vaga em uma rua que dava acesso ao centrinho e foram andando até ele. Quando chegaram na esquina da rua principal, o centrinho todo se abriu na frente deles. Do lado esquerdo, havia uma enorme loja com o pé direito bem alto onde se podia encontrar os mais interessantes *souvenirs*. Do lado direito, uma loja de artesanato. A rua estava tomada por barracas devido à feira de artesanatos que é comum nos finais de semana. Atravessaram a estreita rua de pedras irregulares e foram até o calçadão, apoiaram-se no parapeito do balaústre que separava a praça do rio Nhundiaquara para observar melhor as pessoas no rio logo abaixo deles. Denise ficou admirada, assim como Theo, em ver um rio fazendo uma curva e seguindo seu percurso bem no centro da cidade, os turistas se refrescando dentro dele, pais e seus filhos se divertindo naquela água cristalina. Sobre o rio, uma outra ponte de ferro, essa maior, destacava-se e contribuía com a graça da cidade. Os restaurantes da cidade ficavam à margem do rio, com vistas privilegiadas. Todos tinham em seu cardápio o prato típico da região.

Seguiram a margem do rio pelo calçadão para conhecer o lugar. No caminho, do lado direito, havia várias outras lojas de *souvenirs*. Entraram em algumas e saíram sem comprar nada. Iam sem pressa, apreciando a arquitetura das construções históricas que datam do século XVIII, e assim encontraram uma escada que dava acesso ao rio e a desceram. A escada se estendia até dentro do rio. Denise não resistiu e sentou-se no degrau onde a água não alcançava, colocando os pés no degrau submerso para se refrescar. Theo e Léa entreolharam-se e decidiram fazer o mesmo. Com os pés na água, ficaram os três observando as fileiras de palmeiras enormes na margem do outro lado do rio, dali não podiam avistar a ponte de ferro mais acima devido à pequena curva que o rio fazia.

– Que dia lindo! Que cidade graciosa! – Denise comentou.

– Graciosa é a Estrada, Denise, você está se confundindo – brincou Theo.

– Podiam ter dado o nome à cidade também, acho que tem tudo a ver – argumentou Denise.

– Eu não lembrava que era assim, gostei mais dela desta vez do que da vez em que vim com meus pais – falou Léa.

Denise fez uma conchinha com a mão e encheu-a de água, lançou sobre Léa, ao mesmo tempo apontou com a cabeça para Theo e disse com uma voz zombeteira.

– Não consigo imaginar o motivo.

A água também atingiu Theo que estava do lado de Léa, O rapaz revidou o ataque, Denise levou desvantagem pois a concha de Theo era bem maior do que a sua e ainda lançou sobre ela umas "conchadas" extras. Denise teve que implorar para que o rapaz parasse com o ataque.

Não muito tempo depois, estavam em uma pequena loja, Denise queria comprar um ou dois pares de brincos feitos de capim dourado e, enquanto as duas amigas se distraiam com os itens da loja, uma mulher se aproximou de Theo. Era a atendente e proprietária da loja que foi até ele e pegou sua mão. Um pouco assustado, ele afastou o braço na tentativa de escapar, não tinha visto quem estava lhe segurando. Olhou para os olhos da dona da loja, olhos puxados, percebeu claramente a ascendência asiática da jovem senhora, seu traje também a identificava como tal. Ela insistiu e segurou firme a mão do rapaz que se acalmou e permitiu que ela se aproximasse. A mulher virou a palma da mão de Theo para cima, fitou os olhos nela, olhou para ele como se estivesse fazendo um raio X de seu corpo e depois voltou os olhos para sua mão.

Denise viu a cena e foi alertar Léa do que estava acontecendo, as duas chegaram mais perto.

– O amor está muito evidente, veja... – disse a mulher apontando para uma linha na mão de Theo – mas a distância está cruzando-a – aponta para outra linha. – A criança terá a cor da sua pele.

A mulher soltou a mão de Theo e deu um sorriso para ele, foi andando em direção à porta que ficava atrás do balcão. De costas para eles, soltou mais uma frase.

– É cortesia, não precisa pagar.

O trio ficou parado, olhando um para o outro, tentando entender o que foi aquilo. Theo e Denise não demoraram muito para começarem a rir do que aconteceu, enquanto Léa continuou estática, parecia que estava assustada com o que acabara de ouvir. Denise deu uma cotovelada de leve em Léa e repetiu a parte da frase dita pela senhora asiática como se ela estivesse se referindo a Léa.

– "O amor está evidente" gostei! A parte da distância a gente esquece e pronto.

Léa continuou estática, Theo a chamou pelo nome e ela saiu do pequeno transe. Theo perguntou o que houve.

– Estive aqui com meus pais há algum tempo, eu te falei, entramos nessa mesma loja e essa senhora fez a mesma coisa com ele – respondeu Léa.

– Ela pegou a mão dele e começou a dizer coisas, como se estivesse lendo a mão dele também? – perguntou Theo.

– Sim, mas o que me deixou chocada foi que ela disse quase a mesma coisa.

– O que ela disse? – perguntou Theo, com indisfarçável curiosidade.

– Eu não me lembro exatamente, mas foi algo como "o amor estará evidente", falou alguma coisa sobre distância também, mas não consigo me lembrar. Por fim disse "a criança não terá a cor da sua pele".

– Que estranho, já faz tempo isso e você ainda lembra. Esquece isso, acho que ela fala a mesma coisa para todo mundo. Vamos embora daqui – disse Denise.

Saíram os três da loja sem comprar os brincos que Denise queria, encontraram outra loja mais à frente onde Denise os encontrou. Passaram na feirinha para comer, estavam famintos, Theo optou por comer pirogue com molho vermelho, e as duas amigas foram de pastel. Léa pensou em convidá-los para almoçar em algum dos vários restaurantes que havia na margem do rio, mas achou melhor não, por não saber exatamente se eles teriam grana suficiente para isso. Aguardou que algum deles tomasse a iniciativa do convite. Como ninguém o fez, achou melhor acompanhá-los na feirinha e não propor de almoçarem no restaurante.

Encontraram uma mesinha com cadeiras vagas e fizeram a refeição sentados embaixo de uma das grandes árvores ao lado da feirinha, que também ficava do lado do belo rio.

No caminho de volta, Léa convidou Theo para um jantar em sua casa, ela queria que ele conhecesse seus pais e vice-versa. O rapaz ficou feliz com o convite, mas também ficou assustado, demorou um pouco para responder por não esperar aquela atitude de Léa, pelo menos não tão cedo.

– Sim, claro, mas você tem certeza, Léa?

– Você não tem? Achei que fôssemos namorados. Se houver alguma dúvida, podemos conversar a respeito.

– Não! Quer dizer, sim! Sim, tenho certeza. Pode marcar.

7

Estavam todos sentados à mesa de jantar quando Léa iniciou um assunto tentando ser despretensiosa, como se tivesse acabado de pensar naquilo. Sua real intenção era saber se seu pai teria alguma restrição com relação ao seu namoro com Theo.

– Vocês ficaram sabendo sobre o que saiu no jornal ontem sobre a Monarquia Britânica?

– Não tive tempo nem de almoçar direito ontem – respondeu o pai.

– Mais um caso de preconceito, os holofotes do mundo estão direcionados para eles, você não acha um desperdício de energia, papai?

– Ah, lembrei agora, ouvi qualquer coisa sobre o assunto.

– O que o senhor acha disso?

– Diferenças sociais, culturais e raciais entre casais comuns, quero dizer, anônimos, já são algo que se discute filha, imagina só se tratando de uma família real, é compreensível.

– Mas as pessoas deveriam discutir sobre essas diferenças no âmbito dos problemas causados por isso e o que fazer para mudar. Não sobre a vida dos casais que são diferentes culturalmente ou tem a pele diferente, mas que sobretudo se unem por amor. Parece que o amor fica em segundo plano, as pessoas veem somente com os olhos, não conseguem enxergar com o coração.

– Não seria exigir muito das pessoas, filha?

A mãe de Léa interrompeu a conversa:

– Você sempre com esses questionamentos, filha, não se preocupe com isso. Você gostou do jantar? Pedi pra Rose fazer seu prato preferido. Uma estratégia para tentar te manter mais tempo conosco.

– Sem drama, mãe, estou sempre por perto. E, sim, o jantar está ótimo.

Após uns 5 segundos, Léa comunica:

– Convidei o Theo para jantar aqui no final de semana.

– Quem é Theo? – perguntou o pai de Léa.

– Eu te falei dele, meu bem, o cara com quem Léa foi acampar – respondeu a mãe de Léa.

– Estou começando a lembrar. Por que você está nos comunicando? Você já trouxe vários amigos aqui e nunca nos comunicou.

O pai de Léa estava entendendo perfeitamente o que estava acontecendo. Sua filha estava namorando ou pelo menos saindo com um pretendente. Sua mente astuta fez uma ligação com o assunto abordado por ela minutos atrás e imaginou que havia algum detalhe naquela conversa que não estava sendo revelado.

– Justamente por isso papai, ele não é só um amigo.

– Você está namorando? – perguntou o pai.

– Bem, acho que sim. O pedido de namoro foi informal, mas acho que vale – respondeu Léa rindo.

– Entendi, tudo bem. Como é mesmo o nome dele?

– Theo.

– Não, filha, Theo é apelido, quero saber o nome completo.

– Theodor Bauer.

Léa estava feliz e ansiosa ao mesmo tempo, pensando se tudo correria bem naquela noite. O que seus pais pensariam de Theo? Estava aflita para que o encontro de seus pais e seu namorado corresse bem. O jantar foi marcado para as 19 horas e nesse horário Theo estava na frente da casa dos pais de Léa. O portão se abriu após ele ter apertado o interfone, e Theo entrou com seu carro velho nas dependências da casa.

Theodor já tinha ido até a casa de Léa buscá-la outro dia, mas ficou esperando no portão, não tinha percebido que a casa era tão grande. Impressionou-se com a fachada. Léa foi recebê-lo na porta da frente, cumprimentando com um beijo na boca e conduzindo-o para a sala de estar.

Os dois estavam displicentes e felizes conversando no sofá de costas para a escadaria que leva até o segundo andar onde ficam os quartos. Vez ou outra, Theo desviava os olhos para observar os móveis e objetos daquela imensa sala, não conseguiu guardar para si sua admiração e comentou com Léa sobre a impressão que estava tendo.

– Essa sala é gigante Léa, é maior que a casa inteira de meus pais.

– Realmente é bem grande.

– E a decoração é coisa de quem tem personalidade, é incrível.

– Minha mãe. Ela é pura elegância, modéstia à parte.

Nesse momento, desceu pelas escadas o casal Raul e Elisa, para conhecer o possível candidato a marido de sua filha.

Theodor foi recebido pelos pais de Léa com a simpatia costumeira. Raul apertou sua mão com firmeza, fitando seus olhos profundamente, como se estivesse lendo sua mente. Elisa o cumprimentou com um beijo no rosto.

O tratamento dado ao seu namorado pelos seus pais deixou Léa feliz, seus pais pareciam ter gostado do rapaz. Era tudo que Léa queria, um mundo onde as pessoas se amassem pelo simples fato de serem seres humanos, independentemente da cor da pele, do nível de escolaridade ou posição social.

Léa ficou surpresa, na realidade, com o comportamento de seus pais, principalmente o de Raul. Achava que, ao ser pego de surpresa, pois ela não havia dado detalhes sobre seu pretendente, pudesse demonstrar alguma atitude que causasse constrangimento em Theo, mas não, foi melhor do que podia imaginar. Para a infelicidade de Léa, isso não durou muito tempo.

No momento em que Theo colocou os olhos em Raul, sentiu a temperatura em seu corpo subir repentinamente e sair dos poros de sua pele o suor da indignação. Aqueles olhos que o diminuíram em outra ocasião agora o olhavam compenetrados. Agora ele não estava mais invisível, talvez estivesse parecendo um ser humano merecedor de um aperto de mão de alguém com status igual ao dele.

Theodor logo percebeu que o Dr. Raul não o reconheceu. Respirou fundo e agiu normalmente após a surpresa. Enquanto conversavam, Theo se perguntava sobre o que estava acontecendo, questionando-se vez ou outra se Raul o trataria da mesma forma se soubesse que ele era o funcionário do restaurante que usava uma camisa manchada.

Entre uma pergunta e outra sobre qualquer coisa que eles conversavam, o rapaz esperava ansiosamente que a próxima pergunta vinda do pai de Léa fosse aquela que certamente mudaria o rumo de tudo. O tempo foi passando e a ansiedade de Theo foi aumentando a ponto de ele quase responder mesmo antes de o Dr. Raul perguntar. Bem que Theo tentou, mas o pai de Léa, um homem astuto e perspicaz não deu chance para que ele falasse qualquer coisa que não fosse do seu interesse naquele momento. Com o passar do tempo, Theo foi relaxando e ficando mais à vontade na companhia de Raul, que até esqueceu da tal pergunta que mais cedo ou mais tarde viria.

Dr. Raul percebeu que o rapaz queria responder logo à pergunta que jamais faria, por isso conseguiu driblar o rapaz e levar o assunto para um terreno onde ambos se sentissem confortáveis.

No caminho até a casa de Léa, Theo pensava em como responder quando seu futuro sogro perguntasse qual é sua profissão, ou o que ele faz para sobreviver. Theo ficava mais apavorado em responder sobre a faculdade, e se já tinha planos para quando a terminasse. Léa, sendo de família rica, certamente tinha relações com pessoas que têm empregos interessantes. Os que ainda não têm, no mínimo têm um plano de futuro em andamento, o qual os tornará pessoas interessantes. O que pensariam dele, que tinha um emprego de baixa remuneração e que estava fora da universidade?

Theo havia começado o curso de direito há dois anos. Era seu ambicioso projeto ser um advogado. Ele tinha a intenção de estudar arduamente para passar no exame da Ordem quando terminasse o curso, mas, para isso, precisava fazer uma reserva em dinheiro e ficar um tempo sem trabalhar, dedicando-se somente ao estudo caso não conseguisse passar na primeira tentativa. Mas isso era um problema para pensar depois. Por ora, tinha que se preocupar em voltar para a faculdade que teve que trancar por falta de dinheiro para as mensalidades, dinheiro esse que viria com o pagamento pelo serviço prestado no restaurante do Sr. Amilcar, o Bobotie. Com o dinheiro do serviço de garçom, Theo conseguiria completar o valor que faltava da mensalidade, ele geralmente trabalhava em dois empregos. Na ocasião, estava trabalhando como recepcionista em um hotel no período da noite e, durante o dia, fazia bicos com panfletagens, como garçom, com serviço de carregamento e descarregamento de caminhões, até como mensageiro de carro de telemensagem ele chegou a trabalhar para completar a renda e não atrasar a mensalidade.

A sorte do rapaz naquela noite é que Dr. Raul parecia não se importar com a ocupação de Theo, seus objetivos e o que ele estava fazendo para alcançá-los. Raul demonstrou-se uma pessoa despreocupada e tranquila. Theo achou que seu futuro sogro pudesse ser igual à filha, pensou que talvez para ele o que importa realmente em um homem é o caráter e não de onde ele tenha vindo ou seu poder aquisitivo. Por isso, Theo relaxou e se divertiu a partir de um dado momento. Inclusive ficou tão à vontade que exagerou um pouco no vinho.

Léa foi se despedir dele na hora de ir embora. O rapaz abraçou-a fortemente e revelou algo que o estava incomodando:

– Preciso te falar uma coisa que me deixou muito aflito esta noite.

– Não percebi que estava aflito.

– Foi só no começo, depois passou. Seu pai sabe como deixar as pessoas tranquilas.

– Com isso eu tenho que concordar. Então, diga-me o que te deixou aflito.

– Fiquei morrendo de medo de seu pai me perguntar sobre meu trabalho, imaginei que ele pudesse não aceitar nosso namoro por causa disso.

– Respeito a opinião do meu pai, Theo, mas, com relação a aceitar quem eu namoro ou deixo de namorar, quem decide sou eu.

– Sim, eu só queria desabafar. Tem outra coisa, tive que trancar a faculdade.

– Poxa, que pena, Theo.

– Sim, estou muito triste.

– Problema financeiro?

– Sim.

Léa ficou em silêncio por um instante, sem saber o que dizer. As palavras vinham na sua mente e logo percebia não serem adequadas, não tinha experiência para falar sobre falta de dinheiro.

– Não sei o que dizer, Theo, imagino que deva ser difícil ter que adiar seus planos – disse Léa.

– É a única solução.

– Não quero parecer hostil, mas, se para você é tão complicado conseguir o dinheiro para pagar a mensalidade de uma faculdade particular, por que você não fez vestibular em uma pública? Você é inteligente, tenho certeza de que passaria.

– Simplesmente porque ninguém disse que eu podia.

– Como assim? Todos nós podemos, é um direito nosso.

– Tem coisas que você ainda não entende, Léa – disse Theo, baixando a cabeça.

– Então me explica – Léa segurou-o pelo queixo e levantou sua cabeça, olhou dentro dos olhos de Theo e continuou. – Eu quero entender.

Theo respirou fundo, meio envergonhado, meio revoltado, tentou expor para Léa seu raciocínio.

– Quando eu digo que ninguém me disse que eu podia, estou dizendo exatamente isso. Pode parecer desculpa de alguém sem ambição ou sem determinação, mas acredite: não é. Eu cresci achando que a universidade não era lugar para alguém como eu, você pode achar que é vitimismo, eu entendo, mas as coisas simples para uma pessoa na sua posição são bem complexas para alguém na minha. Você me disse lá na subida da montanha que queria que eu me importasse com alguns assuntos, lembra? Eu me importo, a questão é que não tenho tempo para lamentações, não posso me dar a esse luxo, tenho que focar meu esforço em correr atrás do prejuízo. No fundo, eu me sinto responsável por não ter seguido o caminho certo, que é ingressar em uma faculdade pública. Acreditei nos meus ouvidos que escutaram por uma vida inteira que universidade federal era para filhos de ricos. Isso não é uma mentira exatamente, eu sei disso, mas daí eu nem tentar? Entende? Por que não ser eu o primeiro a romper essa barreira? Não consigo te dizer se foi falta de coragem ou se apenas estava seguindo o fluxo natural daquilo que eu fui programado a seguir. Ao meu redor, pessoas de classe social igual à minha não iam sequer para universidade privada, imagina para a pública, onde a concorrência até há alguns anos era totalmente desleal.

– Isso mudou muito nos últimos anos, Theo, desde a sanção da lei que garante cotas nas universidades federais a alunos oriundos integralmente do ensino médio público.

– Sim, é verdade, isso foi uma grande vitória, mas tal foi minha desorientação que, no último ano do ensino médio, fiz a bobagem de vir para esta cidade estudar em um colégio particular e tentar me preparar melhor para a prova do vestibular. Então, acabei perdendo o benefício.

– E por isso você não fez inscrição na universidade federal?

– Isso, eu me enquadraria na ampla concorrência. Sabe, às vezes culpo os outros por eu não acreditar em mim. Acho que não tive incentivo da família, não fui orientado direito sobre o quanto eu devia correr atrás dos meus sonhos, e de que forma. Por outro lado, como meus pais poderiam me orientar e incentivar se eles mesmo também não tiveram isso? Agora estou nesta situação.

Léa se compadeceu com a perspectiva da narrativa de seu namorado e compreendeu a situação em que ele se encontrava. Aquilo a fez querer ficar mais próxima dele para de alguma maneira poder ajudá-lo e, ao mesmo tempo, sentia-se feliz em perceber que Theo estava abrindo seu coração. Para ela, esse ato mostrou que ele, apesar de não demonstrar, era uma pessoa frágil e precisava de cuidado, diferente do que aparentava. Léa tentou animá-lo.

– É claro que não é óbvio para mim, mas eu entendo o que está dizendo, Theo, e não acho que seja vitimismo. Estou aqui ao seu lado e vou te apoiar, sei que vai dar um jeito, você não está desistindo de nada, encare como um adiamento.

– Sim, claro, ter meus planos adiados não é problema, Léa, sei que vou dar a volta por cima e voltar para a faculdade. O que está me incomodando é esse sentimento estranho que eu não tinha sentido até agora, é algo novo para mim. De repente, sinto que não estou à altura, me senti inseguro com relação aos seus pais e ao que dizer quando eles perguntassem sobre minha vida. Acho que a palavra para isso é menosprezo, estou me sentindo menosprezado. Não entenda mal, a noite de hoje foi muito agradável, seus pais são muito receptivos e educados, fizeram-me sentir em casa. Por outro lado, eu acho que, culturalmente falando, foi diferente para mim, foi revelador, acho que eu fui inocente, sei lá, não tinha noção de que seu mundo é bem diferente do meu.

– Theo, acho que você está sendo sincero comigo, então presumo que não esteja querendo terminar nosso namoro alegando pertencermos a mundos diferentes.

– Não, não pense isso.

O rapaz então abraçou forte sua namorada demonstrando a vontade de continuar unido a ela. Segurou forte sua cintura e a puxou para perto de seu corpo de modo a fazê-la perceber seu desejo. Sentiu o corpo de Léa bem perto do seu, colocou sua perna entre as delas e acomodou seu queixo no pescoço dela, inspirou fortemente para sentir seu cheiro doce e suave, e assim arrastou sua boca até a dela e se encaixaram como duas metades ávidas por um reencontro. Léa percebeu a animação do rapaz e o afastou gentilmente.

– Controle-se, senhor Theodor. Não gostaria que meu pai nos visse assim tão pertinho, não é?

O atrevido rapaz deu mais alguns beijos na bela moça que também quase perdeu o controle e saiu sem dizer mais nada. Apesar das lamentações, voltou feliz para casa depois de alguns abraços "calientes" e beijos "convidativos".

8

Os pais de Theo moravam em um sítio localizado dentro do Vale Europeu, no estado de Santa Catarina, um lugar lindo em meio às montanhas e vales. A região era repleta de plantações de arroz hidropônico, que davam ainda mais beleza ao local, formando uma paisagem impressionante e bucólica.

Sempre que possível, Theodor ia visitar seus pais. Não ficava mais de dois meses sem vê-los. Muitas vezes o jovem levava para Dona Lena, como presente, uma trouxa de roupa suja, alegando que não tinha tempo de lavá-las. Sua mãe recebia o presente toda orgulhosa, sentindo que o filho ainda dependia dela para organizar sua vida. Coisa de mãe. Daquela vez, ele não levou a trouxa de presente, mas uma convidada especial.

Obviamente Léa ficou admirada com a paisagem, as plantações de arroz em ambos os lados da rodovia pareciam ser uma pintura de Van Gogh. Quando saíram da rodovia e adentraram por entre as montanhas na estrada de terra, o que já estava bonito ficou ainda mais belo. A cada curva da estrada em que os morros iam ficando para trás, abria-se uma nova paisagem, às vezes com um lago nos pés das montanhas, às vezes com vários pés de palmito ao longe. Léa se deparava com uma paisagem mais bela que a outra, e seu coração apaixonado começava a transbordar a alegria que se materializava em discretos e ininterruptos sorrisos em seu rosto.

Theodor podia sentir a felicidade estampada no rosto de Léa. Por mais que ela, com seu temperamento indomável, quisesse disfarçar seu deslumbre, não conseguia. Ela estava tomada por sentimentos que jamais supôs um dia sentir. O contentamento com o simples fato de estar em uma estrada bonita com um homem que um dia poderia ser pai de seus filhos não era para ela, até então, um motivo de completa felicidade, e era exatamente isso que Léa sentia naquele momento, não estava lhe faltando coisa alguma. De repente, ela era a pessoa mais feliz que ela mesmo tinha conhecido. Esse sentimento vez ou outra era interrompido por uma lucidez repentina que fazia lembrar que a vida não é um conto de fadas como muitas de suas amigas pensavam, em que um príncipe apareceria e libertaria a bela princesa das mãos da velha bruxa. De repente, ela se via procurando defeitos no príncipe encantado que dirigia ao seu lado. Mas seu coração rendido nada encontrava.

Léa avistou, no meio da plantação de arroz, um cavalo puxando um arado e um homem guiando-o e achou aquela cena interessante e sofredora ao mesmo tempo. O homem e o cavalo estavam com os pés e metade das pernas submersos na água, a locomoção de ambos parecia dificultada. Léa perguntou para Theo o que exatamente eles estavam fazendo.

– Já fiz isso muitas vezes, Léa, te asseguro que não é nada fácil.

– Você já fez isso?

– Sim, as pessoas aqui vivem disso. Minha família é do campo, nosso sustento sempre veio da plantação de arroz. Aliás, meu pai ainda trabalha.

Theo explicou para Léa como funcionava o plantio de arroz, o período de colheita e tudo mais, ela não conseguiu ver dificuldade naquilo, para ela parecia, inclusive, ser uma vida bem interessante.

Encontraram todos na casa quando chegaram.

Dona Lena e Seu Antônio, pais de Theo, estavam do lado de fora, ansiosos para ver o filho e a convidada que Theo havia dito que traria. Thiago, seu irmão, estava na janela. Com um salto só, passou por ela para ir ao encontro do irmão.

Ao cumprimentar Léa, alertou-a sobre seu irmão.

– Você não sabe a enrascada em que está se metendo.

Léa riu da brincadeira do irmão de Theo, Dona Lena chamou a atenção na mesma hora:

– Para com isso, vai assustar nossa convidada. Não liga para isso, Léa, Thiago está brincando, você vai descobrir que meu filho é um verdadeiro cavalheiro. Vamos entrar. Me dê aqui sua mala, eu ajudo a carregá-la.

Dona Lena arrancou da mão de Léa uma pequena mala que a garota segurava, sem dar alternativa para a visitante. Entraram na casa e Seu Antônio foi direto ao fogão à lenha pegar água quente para servir um chimarrão para Theo. Estava perto de ficar noite, Dona Lena iniciou os preparativos para o jantar. Enquanto a mãe de Theo preparava o jantar, foram colocando a conversa em dia, conversando sobre vários assuntos, inclusive como Léa e Theo se conheceram. Em um dado momento, quando a mãe de Theo perguntou como estava indo o curso, ele resmungou rapidamente algo como "está indo" e mudou rapidamente de assunto para não preocupar sua mãe.

Na manhã seguinte, Léa se levantou e foi para a cozinha para tomar café, ainda estava um pouco envergonhada com o fato de estar ali pela primeira vez, queria causar uma boa impressão, por isso não dormiu até tarde com medo da mãe de seu namorado pensar que ela fosse uma garota mimada e preguiçosa. Sentou-se na cadeira velha de madeira junto à mesa de quatro lugares coberta por uma toalha feita de um tipo de plástico em um dos lados. O outro era meio aveludado, a estampa era repleta de pequenos desenhos de xícaras com pires, bules, chaleiras e a mais variadas frutas.

– Bom dia, Dona Lena.

– Bom dia! Dormiu bem?

– Sim. Obrigada. Theo já tomou café?

– Não ainda, preferiu ir cortar algumas espigas de milho verde antes, disse que depois que voltasse tomaria café com você.

Léa estava faminta e não conseguiu esperar por companhia. O cheiro de café estava convidativo e a cuca da dona Lena estava olhando para ela pedindo para ser devorada.

Após tomar seu café, Léa foi para a sala onde estava o pai de Theo. Começou a observar os móveis antigos e velhos, os objetos curiosos na estante, tudo aquilo era diferente para ela, não lembrava de ter estado em alguma casa que fosse semelhante àquela. Havia muitas quinquilharias na casa dos pais de Theo, achou aquilo tudo divertido.

A diversão acabou quando Léa bateu os olhos em um porta-retratos em cima de uma mesinha no canto da sala ao lado do sofá. Segurou-o em suas mãos e aproximou-o mais dos olhos, era Theo e uma linda e sorridente garota, estavam abraçados. Seu Antônio percebeu a curiosidade de Léa pela fotografia e gentilmente deu mais detalhes sobre ela.

– Que foto linda, não é mesmo? Era lindo vê-los juntos, são tão parecidos. Ela foi embora. A princípio, ele ia junto, mas não foi possível, não entendi direito o porquê. Theo sofreu muito com a separação...

Léa ficou surda e sua mente entrou em transe, saiu correndo da casa em direção à estrada em meio à plantação de arroz. Logo em seguida, Theo voltou da roça com o saco cheio de milho verde e deixou-o na varanda da casa já procurando por Léa. Ao não encontrá-la, perguntou por ela à sua mãe.

– Saiu de repente em direção à estrada. Acho melhor você ir atrás dela, filho – respondeu Dona Lena

– O que aconteceu?

– Olha, acho que foi alguma coisa que teu pai falou, mas eu não sei direito o quê. Ele também disse que não sabe.

Theo colocou a cabeça na janela para ver se avistava Léa e a viu já pequenina na estrada, estava longe. Pela janela mesmo, atirou-se para o lado de fora da casa – Thiago aprendeu com o irmão mais velho a não usar a porta – montou no cavalo que tinha arreado para buscar o milho verde. Usou-o para carregar o saco pesado, mas também pretendia cavalgar com ela logo que voltasse da roça. Saiu em disparada atrás de seu amor. As patas do cavalo levantavam poeira na estreita estrada de terra, o vento levantou o chapéu que estava em sua cabeça sem que ele percebesse. Não demorou muito para ultrapassar a fugitiva. Parou em sua frente e saltou rapidamente do cavalo.

– Não está esquecendo nada, mocinha?

Léa não respondeu e continuou andando rapidamente, tentando desviar do cavalo.

– Antes de você ir, pode me explicar o que aconteceu?

– Não aconteceu nada.

– Vamos conversar como adultos que somos. Pode ser?

Léa percebeu quão infantil estava sendo, deixando suas emoções tomarem as rédeas de suas atitudes naquele instante. Parou.

– Sim. Me desculpe. Como posso ser tão mimada?

– Calma, não se julgue, primeiro vamos conversar sobre o que aconteceu, depois então daremos o veredito, ok?

Léa deu um sorriso e acenou que sim com a cabeça. Ambos montaram no cavalo, ela na garupa. Theo tocou o cavalo até a beira de um lago a 600 metros dali. Para chegar ao local, entraram em uma passagem entre uma plantação de bambu que mais parecia um túnel. Apearam na beira do lago do lado de um pé de flamboyant onde uma sombra pequena e bem preenchida se formava. O lago não era pequeno, estendia-se até o pé de uma pequena colina. Theo já havia planejado levá-la àquele lago logo após chegar da roça, mas não havia dito para ela, queria fazer uma surpresa. E conseguiu. Theo era cuidadoso e criativo, pediu para seu irmão roçar o perímetro ao redor da pequena árvore e trocar as cordas e o assento feito de tábua do antigo balanço que eles muitas vezes brincaram na infância.

Léa apeou do cavalo e permaneceu muda por alguns instantes. Bem devagar, fez um movimento de 360 graus observando a paisagem ao seu redor. De repente, soltou uma frase de admiração.

– Que "lugarzinho" lindo, Theo!

– Sim, meu amor, é lindo.

– Me faz sentir dentro de um quadro. Sabe aqueles quadros com pinturas pitorescas, que você acha que não existe?

– Sim, só que lá é de mentira e aqui é de verdade.

– E você é de verdade? – perguntou Léa, após alguns segundos. – Você consegue mexer com a minha emoção. Eu estava mal há dez minutos, mas agora esse lugar tão acolhedor me fez perceber que há muito mais coisas ao nosso redor que nos deixam felizes do que o contrário.

– Concordo, e sim, sou de verdade, pode apostar. Justamente por isso não posso garantir que vou te agradar sempre. Ser de verdade pode, às vezes, causar certo desconforto nas pessoas com quem convivemos. Se o ouvinte não tem maturidade, a verdade pode ser amarga.

Léa pensou um pouco e deu de ombros.

– Você sempre me agrada – Léa foi em direção ao balanço. – Essas cordas são novas, alguém fez esse balanço há pouco tempo.

Theo deu um sorriso se entregando, depois consentiu com a cabeça.

– Não acredito que você fez esse balanço para mim... você tinha planejado me trazer aqui?

– Sim e não. O balanço já existia, pedi para o meu irmão verificar a situação dele. Ele me disse que estava apodrecendo, então pedi para trocar.

– Eu não disse? Teve o cuidado de verificar as condições do balanço antes de eu usá-lo.

Ela sentou-se no balanço e Theo a embalou com força. Quando ela atingia o ponto mais alto, seu corpo ficava inteiro na direção do lago. Léa tinha a sensação de que ia cair no lago e aquilo lhe causava um frio na barriga, principalmente na volta para a terra. As forças da bela e alegre moça se esmoreceram de frenesi, fechava os olhos quando o balanço subia demais. Quando conseguia falar, pedia para Theo parar de balançá-la. Depois de ele se divertir com o apuro da principiante no balanço rural, obedeceu.

Rindo da situação, mas ao mesmo tempo brava com o amante que a embalou mais do que ela esperava, Léa desceu do balanço e foi meio tonta na direção de Theo, tentando alcançá-lo para lhe dar umas "boas palmadas". Theo desviava com facilidade dos ataques de Léa. Em uma de suas investidas, Theo, em um gesto rápido, deu meia volta, agarrou Léa por trás e a levantou, levando-a até a beira do lago. Enquanto Léa se debatia com toda força, Theo perguntava em alto volume:

– Quem é o rei soberano a quem todos devem se curvar? Se acertar a resposta estará livre de ser jogada para os crocodilos.

– Não direi – disse Léa, ofegante.

Theo chegava mais perto ainda do lago dando a impressão de que iria jogá-la.

– Ou diz ou será jogada no lago.

– Não digo – Léa gritava.

Percebendo a valentia da moça, após várias tentativas de fazê-la falar, Theo soltou-a e, antes que ela o acertasse, deu um salto de ponta para dentro do lago a fim de fugir da punição de Léa que, sem pensar, saltou atrás dele e em um único mergulho apareceu ao seu lado. Com as duas mãos, Léa segurou fortemente a cabeça do rapaz e forçou-a para dentro d'água, segurou por alguns instantes. Já submerso, Theo começou a engolir água, pois não continha o riso, quando ela o puxou de volta para a superfície, ele soltou toda água que estava em sua boca no rosto da homicida em potencial. Os dois se deliciaram em risos devido à situação que acabaram de vivenciar, mal conseguiam se manter boiando. Os risos foram então cessados por um molhado e duradouro beijo.

Após uns quarenta minutos, Theo estava sentado no chão, encostado no tronco do flamboyant. Léa estava deitada na posição transversal à dele, com a cabeça apoiada em sua perna e os olhos voltados para o lago. Foi nesse instante que Theo perguntou o que havia acontecido para ela ter saído às pressas da casa de seus pais.

– Foi por causa do porta-retratos.

– Que porta-retratos?

– O que está na mesinha da sala. Você sabe, Theo.

– Sim, tem alguns lá, e um deles tem uma foto minha com minha prima.

– Prima, Theo? Está vendo?

– Qual o problema?

– Conheço primos que namoraram, inclusive se casaram.

– Não acredito que foi por isso que você ficou daquele jeito, ela é como uma irmã para mim.

Ao ouvir Theo dizer que sua prima era como uma irmã, ficou mais aliviada. No entanto, ainda estava com uma pulga atrás da orelha. De qualquer forma, percebeu que estava sendo precipitada em julgar antes de perguntar.

– Eu sou mesmo uma boba, não é? Eu pensei que fosse uma ex-namorada ou até atual, sei lá.

– Então eu iria te trazer aqui se eu tivesse uma namorada?

– Preciso ser sincera com você, não foi só isso – Theo permaneceu calado ouvindo a explicação. – Quando eu segurei o porta retratos na mão, fiquei, sim, pensando que podia ser sua namorada, mas o pior foi o comentário que seu pai fez ao me ver com ele nas mãos.

– Sim, estou ouvindo.

– Ele disse... "que foto linda não é mesmo? São tão parecidos, era lindo vê-los juntos. Theo sofreu muito com a separação". Passaram-se mil coisas na minha cabeça! De repente, pensei que seu pai não me aprovaria por causa da diferença de etnia que existe entre nós.

– Acho que isso não é problema para meu pai nem para minha mãe.

– Eu acho que eu tenho que me desarmar um pouco com essa questão de preconceito. Desculpe-me pensar que isso podia ser um problema, mas ao ver aquela moça bonita com você na foto, vocês pareciam mesmo um casal. Somando isso ao meu inconsciente que insiste em me "trollar" com relação a presumir que nosso namoro seja apenas passageiro, perdi a sensatez.

– Eu já te disse na estrada e vou dizer novamente: não se julgue tanto. Às vezes isso nos machuca. Também não podemos julgar os outros. Os julgamentos que fazemos das pessoas nos tornam injustos, não precisamos assumir essa responsabilidade.

Léa voltou os olhos para o lago novamente enquanto Theo falava, estava pensando como não conseguia controlar sua impetuosidade em certas situações e mais uma vez se comprometeu a ter mais paciência e não julgar antes de perguntar.

Theo passava a mão nos cabelos dela, bem devagar, esse gesto era alternado com o de acariciar seu belo rosto com as costas de sua mão. Nesse momento, um breve e agradável silêncio se estabeleceu naquele lugar, mas logo foi interrompido por uma lembrança.

– Por falar em fazer julgamentos, lembrei de uma situação que ocorreu mais de uma vez. Eu estava pegando o ônibus, não me lembro ao certo aonde eu estava indo, mas isso não importa, o que importa, quero dizer, o que ficou na memória é que ninguém sentou ao meu lado, tinha gente em pé no ônibus, podiam ter sentado mas optaram por não sentar, então eu me perguntava, será que tem a ver com a cor da minha pele? Tentei encontrar um motivo menos doloroso para justificar o fato de ninguém se sentar ao meu lado, mas, por mais que eu me esforçasse, não adiantava, a única explicação coerente era o preconceito racial daquela gente. Eu estava julgando, então achei melhor me convencer de que era tudo ilusão da minha cabeça. Para aquele momento resolveu, parei de julgar. O tempo me mostrou a verdade. O fato é que outros episódios semelhantes àquele me fizeram entender que existe um muro imaginário na frente de todo banco onde um negro está sentado, impossibilitando a aproximação de alguém de pele branca.

Após o relato, permaneceram em silêncio por um tempo. Na volta para casa, Theo explicou para Léa o que acontecera com sua prima. A relação dos dois era de irmãos: seu tio morava próximo à casa de seu pai, viveram juntos durante toda infância, a diferença de idade era de apenas três meses, tinham muito contato e eram muito ligados. Por isso ele sofrera tanto quando ela decidiu partir para fora do Brasil. Eles haviam combinado de irem juntos para os Estados Unidos, mas não conseguiram o visto para ficar no país. Ela resolveu ir assim mesmo, pela fronteira do México, clandestinamente. Muitos brasileiros haviam conseguido, então resolveu tentar e conseguiu. Por mais que Theo tentasse convencê-la do contrário, que era muito perigoso e incerto, não obteve sucesso, ela estava decidida.

Quando voltaram para casa, o almoço estava servido, Dona Lena tinha preparado uma galinha caipira que estava com o cheiro espetacular. Preparou também uma polenta, que era sua especialidade. Era o prato preferido de Theo, polenta com galinha caipira e molho cozido com muitas ervas feita no velho fogão de lenha. Toda vez que Theo a visitava, ela preparava esse prato. O casal ficou faminto depois de se divertir no lago. Léa adorou a comida de Dona Lena, repetiu várias vezes.

Voltaram para casa mais felizes do que quando chegaram. Agora que ambos conheciam a família um do outro, sentiam que a relação entre eles estava fortalecida. Léa, assim que pôde, incluiu Theo em uma de suas lutas por um mundo melhor.

9

A manifestação daquele dia era contra a reforma da previdência, Léa convenceu Theo a participar juntamente com sua amiga Denise. Os manifestantes iriam se reunir na frente do palácio do governo e seguir em uma passeata até a praça Tiradentes onde haveria um discurso contra a maneira como a reforma estava sendo pleiteada.

Denise e Léa participavam de todas as manifestações que julgavam importantes para o bem da população, elas deixavam de ir à aula para poder estar presentes nos eventos. Sempre convenciam um ou outro a participar. As amigas Clara e Karen estiveram presentes em duas manifestações por insistência da dupla, compraram até camisetas. Obviamente as customizaram para sair bem nas fotos, passaram a manifestação toda procurando "gatinhos" e tirando *selfie*, no final não lembravam nem o que estava escrito na camiseta.

Quando chegaram ao local marcado para o início do evento, reuniram-se com um grupo de quatro pessoas que esperavam por eles e fizeram a apresentação do novo membro ao grupo. Theo foi bem recebido por todos.

Correu tudo como programado, o dia foi abençoado com um sol brilhante, a temperatura estava agradável para a caminhada. Para Léa, aquela manifestação foi diferente, seu namorado ali ao seu lado lutando por um Brasil mais justo, compactuando com seus ideais. Quem sabe ele não era realmente o amor de sua vida, o homem que imaginou que não existisse? Ali, de mãos dadas com ele, no meio daquela avenida larga, vez ou outra gritando palavras de ordem, vez ou outra abraçando-se e beijando-se, mais uma vez ela estava se sentindo realizada.

O evento terminou no finalzinho da tarde, o trio resolveu ir para a casa de Denise beber e comer alguma coisa. Eles não tinham ido até lá de carro devido à dificuldade de estacionar já que seguiriam o percurso estabelecido durante a passeata e assim se distanciariam do local em que o carro estaria estacionado, tendo que voltar ao ponto de início da passeata para pegar o carro novamente. Resolveram ir de carona, o que fizeram por meio de um aplicativo.

Denise insistiu que ela pagaria a corrida desta vez, disse para Léa que não era porque ela tinha melhores condições financeiras que ela iria tirar sua dignidade, que aceitava, sim, alguns agrados e mimos da amiga rica, mas que algumas coisas eram imprescindíveis que fossem divididas. Theo, que conhecia a amiga desde o ensino médio, fez um gesto com os olhos indicando que aceitasse.

– E vai ser do meu jeito – disse Denise. – Vai ser "corrida compartilhada", agora os aplicativos de carona têm a possibilidade de compartilhar corrida e consequentemente a despesa.

– Mas podemos dividir nós três, Denise, não precisa colocar um estranho entre nós sem necessidade.

– Do meu jeito e ponto. Se você se opor vou começar a desconfiar que você não gosta de se misturar.

– Então eu não estava misturada até agora, no meio da multidão?

– Verdade, de qualquer forma será apenas um desconhecido entre nós, já que no carro só cabem quatro passageiros.

– Você me ofendeu, Denise, você me conhece o suficiente para saber que eu não faço distinção de pessoas do modo como sugeriu.

– Sim, claro, me desculpe. Eu falei por falar, só para te convencer.

O carro chegou e todos entraram. Após umas 5 quadras, o motorista apanhou outra passageira. A mulher entrou no carro com Denise, Léa e Theo e começou a falar, não parava um só instante, parecia uma matraca. Em pouco tempo, todos do carro ficaram sabendo da amante do seu genro, que insistia em ligar para casa de sua filha, do sobrinho que tinha perdido a perna esquerda em um acidente de moto – "não comprem moto, é perigoso", ela orientava veementemente – da vizinha que insistia em usar aquele cabelo ridículo avermelhado – "ela não tem idade pra isso, será que ela não tem espelho em casa?". Falava tanto que parecia que ia lhe faltar ar. Quando voltou a atenção para os jovens passageiros, começou a distribuir elogios, cada um recebeu um, e um era melhor do que o outro. No final dos elogios, disse: "como vocês são quietinhos, na idade de vocês eu era impossível". Como se fosse possível falar alguma coisa no meio daquele bombardeio de palavras. Eles estavam se divertindo com a figura que acabaram de conhecer. Chegando ao local de desembarque da espevitada passageira, ela, tentando ser gentil também com o motorista, agradeceu educadamente.

– Obrigada, meu querido, adorei seu carro. Você é pretinho, mas seu carro é bem limpinho, parabéns!

Saiu do carro e seguiu sua vida. Todos ficaram se olhando tentando entender o que tinha acabado de acontecer. Denise não sabia se pedia desculpa para o motorista ou sabe-se lá o que fazer em uma hora dessas. Léa, num ímpeto de revolta, colocou o corpo pela janela, passando por cima de Theo, e soltou um grito:

– Sua velha racista! Engula seus elogios, sua matraca!

Seu grito foi em vão, a mulher já estava a uma distância que, somada ao barulho do trânsito, não permitiu ouvir.

Ao perceber o constrangimento dos passageiros, o motorista fingiu não ter ouvido o que a alegre senhora acabou de dizer, para não piorar ainda mais a situação.

Quando chegaram à casa de Denise, ainda estavam discutindo sobre o que acabaram de presenciar. Enquanto Denise preparava o macarrão, ouvia Theo dando seu parecer a respeito da situação.

– Vejam só, uma senhora simpática, que distribui elogios a todos, acha que ter um carro "limpinho" é um elogio para um negro. Obviamente, pelo tom de voz com que ela soltou aquele disparate, estava achando que ia agradar ao motorista. O que faz aquela pobre mulher pensar que um carro limpo com um dono negro é uma contradição a ponto de ser elogio?

Denise da cozinha completava as indagações de Theo:

– E o pior de tudo é que ela ainda acha que está sendo educada, não passa em sua cabeça que sua atitude seja racista. Com certeza ela é o tipo de pessoa que diz "eu não sou racista, a empregada da minha mãe era negra e era como se fosse da família". Então, limitam-se a achar que racismo seria colocar a empregada na senzala, comendo as sobras dos patrões.

– Justamente, usam padrões da época da escravidão para se considerarem bondosos e benevolentes. É fácil se destacar como mais justo do que seus pais e avós com relação ao tratamento que estes deram aos negros em sua época, o difícil é entender que isso não é suficiente – completou Léa.

Enquanto Léa falava, Theo foi até a cozinha pegar o saca-rolhas para abrir o vinho que comprou, logo que desceram do carro, em uma lojinha na esquina da quadra do apartamento de Denise.

– E sabe o que mais? – perguntou Theo.

As duas olharam para ele que estava segurando três taças em uma mão e o vinho já aberto em outra, todos para o alto. Esperavam que ele mesmo respondesse à pergunta.

– Amo vocês duas! Amo essa massa cinzenta que vocês têm nessas cabecinhas lindas! Vocês me dão ânimo e estímulo! Me fazem evoluir! Vamos brindar a isso, vamos brindar agora a vocês duas por serem tão especiais e por esse dia lindo que vivemos hoje. Vamos esquecer por um momento a parte desagradável do dia e nos permitir ser felizes agora.

Theo entregou uma taça para cada moça e serviu-as, então os três levantaram as mãos e brindaram felizes e sorridentes, conversaram muito naquela noite, estreitando ainda mais os laços que os uniam.

10

Na noite do macarrão com vinho na casa da Denise, conversaram sobre vários assuntos, dentre eles, o momento do primeiro beijo do casal no pico da Matilde. Léa dizia que Denise devia conhecer o lugar. Denise, empolgada com os relatos, fez Theo prometer que a levaria junto na próxima aventura. E não demorou muito para ele cumprir sua promessa. Havia uma caverna em uma cidade próxima, em que ele tinha ido com Ângelo e alguns colegas. A caverna tinha um quilômetro de comprimento em um de seus percursos. Theo sabia que havia uma passagem escondida que dava acesso a um salão gigante, mas quando eles foram da última vez, não conseguiram encontrar. Estava disposto a encontrar desta vez.

Formaram um grupo de 6 pessoas: Theo, Léa, Denise, Clara, Ângelo e Fábio, colega de Ângelo. A indicação dos mochileiros era de que não se devia ir sozinho ou em um grupo muito pequeno, pois se ouviam relatos de que havia pessoas que eram roubadas no interior da caverna por ladrões da região.

A caverna fica em um lugar de fácil acesso, entretanto não é possível chegar até a entrada de carro, pois a estrada é bem irregular. Por isso, Theo e sua turma foram de carro até cerca de dois quilômetros da entrada da caverna e estacionaram o carro no terreno de uma senhora que mora lá em uma casa antiga de madeira. Os mochileiros costumam deixar seus veículos lá e, em forma de agradecimento, retribuem com uma gorjeta.

Ângelo, Fábio e Léa foram com Theo, Denise foi de carona com Clara. Chegaram ao local, estacionaram os carros e cada um pegou sua mochila contendo itens importantes para a aventura na caverna. Theo havia orientado anteriormente o que levar. Antes de sair, Theo perguntou se ninguém havia esquecido nada no carro.

– Pessoal, atenção! Pegaram todos os pertences que serão necessários para o dia? Certificaram-se de que as lanternas estão dentro da mochila?

– Sim – todos responderam.

Iniciaram a caminhada até a caverna e, no caminho, o grupo foi se conhecendo. Fábio, que só conhecia Ângelo foi se apresentando, não era nada tímido, num instante estava íntimo de todos. Clara, colega de Léa e Denise, também começou a interagir com os colegas. Para ela, também era fácil fazer amizade, era engraçada e estava animadíssima com a ideia de entrar em uma caverna. Nunca tinha feito isso antes, seguiu à risca as recomendações de Theo com relação aos itens que deveria levar consigo no passeio e ainda comprou mais um monte de utensílios que daria para o grupo todo. Estava tão equipada que parecia que ia escalar o monte Everest. Três dias antes, foi até uma loja de artigos esportivos e deixou lá a metade de sua mesada. Quando Ângelo a viu descendo de seu carrão no estacionamento, tomou um susto, indagou-se se ela não estaria na excursão errada. Clara estava inclusive usando uma joelheira e aquilo deixou Ângelo intrigado. Com um olhar, comunicou-se com Theo, que respondeu também com um gesto, ambos começaram a rir, mas não deixaram Clara perceber. Depois Theo explicou para Ângelo que ela o tinha convencido a dizer que era necessário o uso de uma joelheira, o que não era mentira pois havia lugares na caverna em que eles teriam que se ajoelhar para passar.

Na trilha para a caverna, Clara deixou cair um papel do bolso da mochila. Ângelo estava atrás e pegou o papel do chão, antes de entregar para ela deu uma passada de olho no papel, era uma nota fiscal da loja de artigos esportivos. Ângelo deu um grito.

– Dois mil e oitocentos reais?!

Clara se virou, viu que ele estava com a nota fiscal e aguardou que ele chegasse até ela para pegar a nota.

– Deixei cair sem querer, obrigada por pegar. Léa me explicou que não devemos deixar lixo no caminho, não quero decepcioná-la, ela me acha meio alheia a tudo, vou mostrar para ela que sou ligada na natureza e me preocupo, sim, com o meio ambiente.

– Sério que você gastou tudo isso só em equipamentos para vir aqui hoje?

– Sim, eu não tinha nada de artigos para *trekking*, essa bota custou o olho da cara, mas é linda, não é?

– Cara! Tudo isso é quase o dobro do meu salário! – disse Ângelo meio injustiçado.

Nessa hora Clara entendeu que eles não estavam falando a mesma língua, ficou um pouco envergonhada, como não sabia o que dizer, pediu desculpas.

– Poxa, desculpa eu ...

– Tá tranquilo, relaxa... só não tinha conhecido ninguém que... esquece!

A partir dali, seguiram juntos, mas mudaram de assunto. Um pouco adiante, Theo, que estava à frente de todos, parou para esperar os demais que estavam dispersos pelo caminho. Quando o último membro do grupo chegou, seguiram novamente.

Um trio composto por dois rapazes e uma moça alcançou o grupo e, antes de ultrapassar, Theo puxou assunto com um dos rapazes. Ele imaginou que não seria seguro o trio ficar sozinho na caverna, lembrou das histórias sobre os assaltos, então achou melhor convidá-los para participar do grupo.

– Bom dia.

– Bom dia – o trio respondeu.

– Vocês gostariam de nos acompanhar?

Eles se entreolharam tentando entender o porquê do convite.

– Não sei se vocês sabem, mas não é muito seguro explorar a caverna em pequeno grupo. Primeiro porque, se acontecer algum acidente, fica difícil fazer uma remoção ou coisa do gênero e, segundo, há relatos de assalto na caverna.

– Não ouvimos nada a respeito – respondeu o rapaz de óculos.

– Bem, fiquem à vontade para decidir.

Novamente eles se entreolharam e sinalizaram aceitando a ideia. Theo então apresentou cada integrante do grupo e logo em seguida eles se apresentaram também: Aline, Samuel, o de óculos, e Pedro. Enquanto eles se apresentavam, Léa olhou para

Denise, que estava com um sorriso prestes a estourar em seus lábios. Apesar de Léa e Denise se tornarem amigas há menos de quatro anos, elas tinham uma conexão incrível. Léa estava lendo o pensamento de Denise. Ela se aproximou de Denise rapidamente e insinuou algo sobre o rapaz de óculos. Denise, antes mesmo que a amiga dissesse alguma coisa, advertiu que não continuasse.

– Já sei o que está pensando, Léa, conheço essa sua "carinha". Pare de tentar arrumar um namorado para mim.

– Mas ele é o teu tipo, não vai me dizer que não gostou do cara?

– Léa, você também achou isso quando me viu dançando com o Theo lembra? Ele me contou que você pensou que fôssemos um casal.

– Mas agora é diferente, olha como ele está te olhando, acho que ele gostou de você.

Denise, meio envergonhada, mas com um brilho diferente no olhar, falava com Léa e, ao mesmo tempo, retribuía o olhar do rapaz com a cabeça voltada para baixo como se quisesse esconder o interesse.

Cerca de 15 minutos depois, chegaram a um ponto de encontro a 150 metros da entrada da caverna. Um calçamento em forma de círculo com uns cinco metros de diâmetro. Todos se posicionaram ali para registrar o início do evento. Theo propôs para que fizessem um registro fotográfico na entrada e outro na saída, assim poderiam comparar o estado que estariam após a aventura. Feito o registro, seguiram para a entrada. Pararam na frente dela, mas ninguém viu nada, somente uma pequena cratera e mais adiante um paredão que subia uns vinte metros até o topo.

– Eis aqui a entrada – disse Theo.

– Não estou vendo nenhuma entrada – contestou Fábio.

– Eu também não – completou Clara. – Deve ser porque sou iniciante.

– Sério que é aqui, Theo? – perguntou Samuel.

Theo e Ângelo riam ao ver as pessoas diante da entrada sem conseguir enxergá-la.

– Quem disse que ia ser fácil? – perguntou Ângelo.

Os dois rapazes desceram em disparada a cratera por um acesso que parecia um caminho feito pela enxurrada, posicionaram-se um na frente do outro, deixando entre eles uma pequena cavidade de aproximadamente 60 centímetros. Lá de cima, o pessoal mal podia ver a cavidade que eles apontavam com o dedo indicador.

O tamanho da entrada de acesso à caverna não era a única dificuldade, a entrada tinha o sentido inclinado para baixo e era sinuosa, com muitas pedras obstruindo a passagem, alguns aventureiros resolveram se sentar e ir se arrastando para evitar escorregar, outros foram de joelhos andando igual tatu quando sai de ré da toca. No final, todos completaram essa primeira etapa muito bem, com exceção de Fábio, que subestimou o perigo, tentou não usar as mãos para se apoiar e levou um escorregão. Por sorte, não se machucou.

Quando se depararam com aquele primeiro salão, já na entrada, todos que estavam ali pela primeira vez ficaram bastante surpresos, não estavam esperando algo tão grande. A escuridão, quando iluminada pelas luzes das lanternas em suas cabeças, mostrava um lugar amplo com um córrego no meio que saia sabe-se lá de onde, mais tarde descobririam.

Quando todos estavam dentro da caverna, começaram a caminhada. Nesse início, todos andavam pela beirada do riacho, tendo que, de vez em quando, atravessá-lo em busca do melhor trajeto. Clara a todo momento perguntava pelos morcegos e pelas aranhas. Mesmo com certo pavor, estava achando tudo muito excitante. Denise já no início da aventura agradeceu a Theo por proporcionar aquela experiência. As duas garotas, juntamente com o Fábio, aparentavam estar bem empolgadas.

Léa, dentro daquela caverna escura, junto de seu namorado, viu-se fora de sua realidade. Teve um momento de reflexão: seus pensamentos por um instante viajaram para uma semana antes de conhecer Theo em busca de lembrar onde estava e o que fazia. Viu-se em um restaurante em Miami, com seu pai e sua mãe, tinham ido fazer compras. A mãe de Léa ia pelo menos uma vez por ano comprar roupas e tudo mais que julgava necessário. Léa já estava cansada daquilo, mas, por não ter nada melhor para fazer e por não querer desagradar a sua mãe, esforçava-se em fazer companhia para ela. Agora estava ali, em uma caverna escura, desconhecida e magnífica. Apenas duas das pessoas que ali estavam ela conhecia antes. Sua vida tinha mudado, agora ela conseguia aceitar, estava feliz com essa nova fase, sentia-se amada, sentia-se viva, em movimento. Theo era o responsável por isso.

Léa chamou Theo pelo nome. Quando ele voltou o corpo para ver o que ela queria, ela simplesmente deixou seu coração falar por ela:

– Te amo!

– Eu também te amo, minha linda!

A reciprocidade era verdadeira. Ele a amava desde antes de conhecê-la. Ao ouvir Denise falar de sua amiga com admiração, imaginava como ela seria. O rapaz se imaginava conversando assuntos interessantes com ela. Quanto mais Denise falava de Léa, mais aguçava em Theo sua curiosidade. Principalmente quando Denise falava sobre a generosidade e empatia da moça. Isso lhe soava genuíno e novo. A garota rica que recebeu sua amiga pobre quando todos simplesmente não a viam. Denise se sentia invisível naquela sala de aula cheia de filhos de médicos e empresários, e Léa teve a sensibilidade de perceber isso e a recebeu de braços abertos. Léa era a personificação de alguém ideal para Theo, alguém que sabe reconhecer a fraqueza e as dificuldades das pessoas. E, naquele momento, vendo a linda moça embarcando em suas aventuras, não acreditava ser realidade. Sentia-se o homem mais feliz do mundo.

Após uns 15 minutos de caminhada, chegaram ao final da caverna. Esta primeira parte era a mais fácil do percurso que Theo e Ângelo tinham planejado. Não havia grandes desafios. À medida que iam adentrando a caverna, o espaço ia diminuindo, mas não a ponto de terem que se agachar para passar tal qual ocorreu para entrar na caverna. Entretanto logo isso seria necessário e não seria nada fácil. A abertura era bem maior que a primeira, cerca de 3 metros de diâmetro, mas não era uma saída, o riacho que percorria a caverna desaguava ali, formando uma cachoeira que caia em um lago alguns metros abaixo. Não tinha como sair senão pulando no lago, o que não era recomendado por não se saber a profundidade. Podia ser fundo demais para quem não sabe nadar ou raso demais para um salto, além de possíveis galhos submersos voltados com suas pontas para cima, tornando-se assim uma armadilha para algum aventureiro inconsequente. Antes da queda da água no lago, havia outras duas pequenas quedas, ambas de aproximadamente 60 centímetros, deixando o cenário bastante interessante.

Aline, que era apaixonada por cachoeiras de todos os tamanhos e volumes, não resistiu e sentou-se onde a água caía, colocando seu corpo debaixo da cachoeira gelada, como se estivesse a 30 graus Célsius. Os demais estremeciam só de olhar.

– Que lugar maneiro, hein, Ângelo? – comentou Fábio.

– Você não viu nada, isso é só o começo!

Deram meia volta e iniciaram a procura pela fenda escondida que dava acesso ao restante da caverna, onde ficava a maior parte dela. A fenda ficava na metade do caminho, mas Theo e Ângelo não sabiam direito onde era, estavam decididos a encontrar.

Chegaram aproximadamente na metade do caminho de volta daquela caverna em forma de túnel. Ângelo subiu pelas paredes até uma pequena plataforma formada pela correnteza da água quando chove muito. Parecia haver uma passagem secreta naquele lugar, mas Ângelo não encontrou nada. Theo estava em outra pequena plataforma tentando encontrar o caminho, Pedro estava atrás dele também obstinado a encontrar. Do outro lado, em uma parte que parecia uma parada para os passageiros tomarem o trem que ali passaria se aquilo fosse uma estação, estavam todos os outros aguardando os rapazes encontrarem a passagem secreta, alguns aproveitaram para descansar e beber água.

Tanto Theo quanto Ângelo estavam procurando no lugar errado. Léa estava sentada em um barranco com a mochila no chão, tomando água. De repente, começou a ouvir um assobio fino e suave. Em seguida, começou a sentir um vento de temperatura diferente daquela que estava naquele local. Léa achou aquilo meio macabro, ficou pensando de onde vinha aquele vento quente, estava em um lugar totalmente fechado e fora da circulação do túnel. Teve um *insight* naquele momento – o vento só podia estar vindo da passagem que eles tanto procuravam, olhou ao seu redor e só via parede, nenhuma passagem. Desligou a lanterna em sua cabeça e tentou não deixar se levar pelos olhos, fechou-os para garantir. Foi sentindo o vento soprar em seu rosto e foi se aproximando dele, se dava um passo para o lado e o vento não mais batia em seu rosto ela retrocedia e seguia o rumo oposto. Foi indo vagarosamente até dar com a cabeça entre uma fenda que emanava fortemente um vento em seu rosto. Ligou a lanterna e pode perceber uma fenda muito bem escondida em sua frente, tão disfarçada que com os olhos abertos jamais poderia ser vista. Léa deu um grito:

– Achei!

Theo e Ângelo correram até ela para se certificarem de que ela tinha realmente encontrado a passagem. Ângelo chegou primeiro, passou pela fenda sem enxergar nada, a curva que a fenda fazia, causava uma ilusão de ótica, parecendo não ter continuidade. Ângelo saiu dali em busca da fenda em outro lugar. Theo também não enxergou, mas antes de abandonar a moça e sair novamente à procura da passagem, resolveu questionar Léa sobre sua descoberta.

– Não estou vendo nada aqui, Léa.

– Eu também não, mas sinta o vento encanado que vem nesta direção.

Theo chegou mais perto e sentiu o vento.

– Sim, estou sentindo agora, realmente existe uma fenda aqui, vou checar.

O rapaz tentou introduzir seu corpo naquela estreita passagem, mas seu peito não passou por ser maior que a abertura da fenda, na parte de baixo a fenda era mais larga, então flexionou as pernas para passar na parte mais larga. Após se mover feito caranguejo por aproximadamente 60 cm, foi possível ficar com as pernas esticadas novamente, daquele ponto dava para perceber que o caminho seguia adiante. Theo, de lá, chamou por alguém para ajudá-lo e Samuel veio ao seu encontro.

– Acho que encontramos.

– Sim, mas como passaremos por aí?

– Vou seguir mais um pouco, se eu perceber qualquer perigo voltarei.

Na frente deles, o chão se afunilava e se estendia para baixo, impedindo que pudessem andar por ele, já que tornava a passagem muito difícil. A fenda, nesse local, tinha no máximo 50 centímetros e colocar os pés no chão era impossível. Theo encostou suas costas na parede mais inclinada para trás e as mãos e pés na parede oposta, movendo-se novamente como um caranguejo.

Apoiando-se nas paredes da fenda, conseguiu atravessar o obstáculo. Samuel, de onde estava, não conseguia avistar o colega, apesar de estarem a apenas 3 metros de distância.

– Consegui, Samuel! – disse Theo em voz alta.

– Como é aí?

– Pequeno, mas consigo ver que o caminho continua. Espere só um momento, vou ver o que nos aguarda mais adiante.

O rapaz seguiu mais uns 5 metros e encontrou mais um obstáculo, mas esse era fácil perto do que acabara de enfrentar. Para seguir caminho, teria que rastejar por entre uma passagem pequena ou então escalar uma parede que não era tão alta. Ele rastejou e atravessou para o outro lado, pode constatar que realmente a passagem que ele ansiosamente procurava era aquela. Theo voltou até onde Samuel estava e começaram a travessia dos integrantes do grupo, um a um. Theo ficou depois da fenda para ajudar o grupo no final da passagem e Samuel no início orientando todos a se posicionar, apoiando nas paredes e ensinando a caminhar feito caranguejo.

Léa se adiantou em ser a primeira a passar, estava preocupada com o namorado que estava do outro lado. Quando Theo a viu, ficou feliz por ela estar percorrendo destemida o obstáculo.

– Vejam só quem está vindo, minha mochileira favorita.

– Não brinca, estou assustada. Se meu pai me visse exatamente agora, nessas condições, com certeza diria que você não é companhia para mim – disse Léa, enquanto ainda estava entre as paredes da fenda com as costas, pés e mãos apoiadas nelas.

– Ou estaria orgulhoso de você, assim como eu estou! Ainda por cima encontrou a passagem sozinha! Parabéns!

Theo deu a mão para Léa e ajudou a concluir a passagem.

– Eu já te falei sobre não olhar apenas com os olhos, não falei? Esse foi um belo exemplo de como existe outra maneira de avaliar as coisas, nesse caso "achar a passagem secreta". Vocês estavam procurando com os olhos, eu não, bastou fechar os olhos e tentar encontrá-la com outro sentido, temos cinco sentidos, lembra? Nossos olhos muitas vezes nos pregam peças, estão viciados por alguma ideia, como se fosse droga, que insiste em dominá-los. Foi só apagar as luzes da lanterna e sentir na pele. O oculto se revela de forma extraordinária quando damos chance de experimentar outras perspectivas.

– Isso foi profundo, não foi à toa que me apaixonei por você – disse Theo, orgulhoso da namorada.

Aline foi a última a entrar na fenda e fazer a passagem. Ela se abaixou para passar seu corpo na parte mais larga da entrada, mas seu corpo parecia não encaixar direito naquela abertura torta, então pensou em desistir. Pedro, que estava adiante dela, insistiu para que ela tentasse. Samuel percebeu que a amiga estava com problemas, então voltou até eles para se certificar.

– Não estou conseguindo entrar, meu quadril é muito grande, não consigo flexionar minhas pernas o bastante para escapar da parte estreita da fenda – falou Aline.

– Acho que vamos ter que ficar por aqui Samuel, não posso deixá-la sozinha – disse Pedro.

Aline ouviu Pedro dizer a Samuel que não a abandonaria, sentiu-se mal em atrapalhar o passeio do amigo, resolveu então deitar de bruços e usar o antebraço para se locomover feito um réptil e chegar até Pedro. A passagem onde teria que apoiar as costas e as mãos nas paredes não foi nada fácil, mas ela conseguiu com a ajuda dos dois amigos.

Todos reunidos, iniciaram novamente a caminhada dentro da caverna. Passaram rastejando pelo obstáculo à frente e seguiram em ziguezague por um caminho que parecia ser feito pela ação da água forte que passava por ali em dias chuvosos.

– Próxima parada: sala de órgão. E o caminho, segundo meu mapa, é por aqui – anunciou Theo, apontando para uma parede.

– "Caminho" não seria a palavra, estou vendo um barranco no lugar que você está chamando de caminho – ironizou Denise.

– Tem certeza, Theo, de que é por aqui? – perguntou Ângelo.

– É o que diz nesse mapa que peguei da internet, se seguirmos, e faremos isso mais tarde, chegaremos ao salão de festas, eu espero. Esse mapa indica que a sala de órgão fica no meio, à esquerda – Theo virou o mapa de ponta cabeça e desvirou novamente, pensou um pouco e concluiu: – Sim, é aqui, vou procurar um acesso para subirmos.

O rapaz seguiu alguns metros à frente e voltou novamente, retrocedeu alguns passos, a escuridão dificultava encontrar um caminho para a subida. Ele insistiu um pouco, encontrou uma parte do barranco um pouco mais baixo, e todos subiram por ele.

Já em cima do barranco, as luzes da lanterna mostraram um espaço amplo, íngreme e profundo, como uma rampa grande e cheia de pedras do tamanho de laranjas e limões, todas soltas, o que tornava o caminho perigoso. Quase não dava para ficar em pé naquela grande rampa. Seguiram bem lentamente a fim de chegar ao topo, onde se encontrava a sala de órgão. Em algumas partes da subida, Samuel, Theo e Ângelo ajudavam as mulheres do grupo a avançar devido à inclinação da rampa e ao fato de as pedras estarem bem soltas.

No meio do caminho, o grupo começou a ouvir um barulho que vinha de cima. Parecia que as pedras todas começaram a rolar desde lá do topo. O barulho foi aumentando e se aproximando, todos pararam exatamente onde estavam.

De repente, as luzes das lanternas lhes permitiram visualizar alguma coisa que vinha de cima, um vulto se movendo rapidamente. Ninguém dizia uma palavra. À medida que o vulto se aproximava, ia tomando forma, então revelaram-se dois corpos. Dois homens, tudo indicava, descendo a uma velocidade questionável para aquele percurso de alta dificuldade. Passaram por eles sem dizer uma palavra, como se estivessem fugindo de algo.

O grupo ficou aliviado em saber que eram apenas dois rapazes, temiam ser algum tipo de avalanche ou sabe-se lá o que pode acontecer em um lugar inóspito daquele. Mas Theo achou aquilo bem macabro. Ficou pensando em como os homens conseguiam correr por aquele lugar onde muitos deles ali mal conseguiam ficar em pé. Comentou isso com o grupo mais tarde.

A sala era bela e realmente parecia com uma sala de órgão de tubos. O teto era baixo o suficiente para que as estalactites se unissem às estalagmites fazendo uma conexão entre o chão e o teto, dando a impressão de enormes tubos. Alguns eram mais espessos que outros, havia de todos os tamanhos. A água que escorria por eles os tornava brilhantes e incríveis. Em algumas partes a concentração desses dois fenômenos era maior, dando a impressão de que estavam diante de um grande órgão, como o da Catedral da Sé de São Paulo. Era possível andar por eles, senti-los bem de perto. Não teve quem não se impressionasse com aquela sala, inclusive Fábio, que não estava entendendo direito o que estava vendo.

Theo observou Léa entre os grandes tubos, admirando-os, e foi ao seu encontro. Ela tocou delicadamente a ponta de uma estalactite que, em fase de formação, buscava pacientemente sua outra metade, como se fossem almas gêmeas predestinadas a se unirem para sempre. O rapaz se aproximou lentamente pelas costas de Léa, colocou sua mão embaixo da mão dela.

– Incrível, não é? – disse Theo.

– Sim, é lindo!

– Estão a apenas um palmo de distância, mas esse encontro vai demorar anos. Eu li em algum lugar que o crescimento destes espeleotemas é de mais ou menos 2 mm por ano – disse isso se referindo ao novo tubo de órgão se formando.

– Ao menos, quando acontecer, será para a vida toda – completou Léa.

– E assim será conosco. Seremos um só, assim como esses dois fenômenos que estão se preparando para se unirem para todo o sempre.

Ao ouvir isso, Léa deu um pequeno sorriso para retribuir o romantismo do rapaz e deixou sua cabeça se inclinar um pouco para trás, encostando-a no peito de seu amado. O momento foi interrompido pelo som do grito de Denise que, a poucos metros deles, ao descer de uma pedra onde subiu para tirar uma foto, escorregou e caiu. Samuel, que por algum motivo estava sempre do lado de Denise, estendeu sua mão para ajudá-la se levantar.

Caminhando pelo local, Fábio estava em busca de encontrar algum sentido naquilo que o estava intrigando. Sem conseguir entender o que aquele lugar tinha a ver com o nome dado a ele, ficou meio decepcionado.

– Pessoal, eu achei esse lugar irado pra caramba, mas convenhamos, não tem nada a ver com o nome que deram. Eu esperava chegar aqui e dar de cara com um fígado, um pulmão ou até um coração gigante e assustador, não estou vendo nada disso!

Todos riram de Fábio, percebendo a confusão que ele fez com o nome da sala, pensou se tratar de um órgão humano e não o instrumento musical. Mesmo ao ver as formações rochosas em formas de grandes tubos, não conseguiu fazer a analogia. Léa pacientemente explicou para o rapaz o motivo pelo qual a sala tinha aquele nome. Ele entendeu, mas continuou decepcionado por ter que desintegrar sua imaginação com relação aos órgãos gigantes anteriormente projetados em sua mente fértil.

Após explorarem a sala de órgãos, foram em busca do salão de festas. Desceram a grande rampa cheia de pedras soltas e seguiram o caminho que dava para o salão. Esse pequeno percurso levou uns 10 minutos para ser percorrido.

O grande salão de festas se abriu diante de seus olhos. Após passarem por umas pedras enormes, vislumbraram à sua frente um majestoso espaço escuro iluminado pelas lanternas dos jovens desbravadores que, daquele ponto, podiam observar bem o tamanho do lugar.

O salão era extraordinário, todos ficaram impressionados com a sua dimensão. Não era muito fácil presumir a altura daquele lugar devido à escuridão, mas, através dos paredões altíssimos no entorno do salão, percebia-se que era muito grande, ficava à direita de quem estava chegando. Ouvia-se a expressão de admiração de cada integrante do grupo que se aproximava da entrada, soltando de suas bocas um som de espanto e admiração.

Para chegar exatamente ao meio do salão, onde o chão era plano, teriam ainda que descer aquele aglomerado de pedras. Mais adiante, o caminho parecia continuar, mas não era o objetivo do grupo seguir em frente, eles precisariam de mais tempo e ainda iriam gastar muito tempo ali naquele salão explorando-o.

Theo e Léa foram os primeiros a descer, lá de baixo, podiam ver ao longe as lanternas de cabeça dos demais se aproximando. O rapaz observou uma pedra gigante com a superfície reta que parecia um paredão, pegou Léa pela mão e puxou-a consigo na tentativa de alcançar o topo da grande pedra. Conseguiram sem muita dificuldade e, lá de baixo, a imagem dos dois jovens apaixonados era digna de uma cena de cinema. Sentados na beirada da pedra gigante com as pernas para fora. As luzes das lanternas de seus amigos, que naquele momento estavam voltadas para eles, iluminavam o jovem casal. Fábio, percebendo todas as lanternas voltadas para Theo e Léa, lá de baixo soltou um grito.

– "Só o amor pode te tirar da escuridão". Vejam, meus amigos, a luz procura o amor.

Alguns acharam graça no comentário de Fábio, outros soltaram um som de admiração, Denise até bateu palmas para ele.

Para retribuir a atenção de todos naquela hora, os jovens enamorados se beijaram, deixando ainda mais bela a cena a que todos assistiam. Samuel aproveitou o momento para tirar uma linda foto do casal, que depois enviou para eles. Léa, assim que possível, colocou-a em um porta-retratos perto da cabeceira de sua cama.

Após explorarem o majestoso salão, o grupo resolveu acomodar-se para o lanche. Espalharam-se pelo salão à procura de um espaço adequado para comer. Alguns sentaram-se em pequenos barrancos, outros no chão do salão. Clara havia levado uma toalha para sentar sobre ela e ofereceu para Samuel e Denise sentarem juntos. Eles estavam ao seu lado nesse momento. Léa e Theo estavam a poucos metros deles, sentados em um barranco irregular.

Fábio ficava perambulando de um lado para outro, fazendo piadinha a todo momento. Em um dado momento, ao ver Samuel comendo um pedaço de bolo de chocolate – não dava para ver direito se era bolo de chocolate, mas presumiu que fosse – fez uma piada com Samuel.

– Cuidado para não morder o dedo, Samuca!

Samuel era negro de pele retinta. Fábio fez uma piada ácida associando a cor de seus dedos com a do chocolate, insinuando que o morderia pensando ser o bolo. Theo ouviu a piada e achou engraçada, Léa perguntou do que ele estava rindo, mas ele foi desonesto nessa hora e disse que não tinha escutado. Pensou que podia causar um estresse se contasse o que ouviu para Léa, sabia que ela interviria em defesa de Samuel. Então resolveu não falar – ele não achava a piada racista, pois se tratava da comparação de uma cor de chocolate com a mão preta de alguém, uma analogia que não podia ofender nem os dedos, muito menos o bolo de chocolate.

Denise ouviu e ficou em dúvida se aquilo era racismo ou não. Olhou para Samuel para verificar se ele havia se ofendido. Ele simplesmente não achou graça e não demonstrou nenhum tipo de reação.

– Engraçadinho você, hein – disse Denise para quebrar o silêncio.

– Desculpe, foi mal, não vi maldade – disse Fábio.

– Não se preocupe, já ouvi piores – falou Samuel.

– Já ouviu melhores também, né, Samuca? Com esse porte todo, deve fazer sucesso com as mulheres, fala aí? – comentou Fábio, tentando elogiar o porte físico de Samuel.

– Capaz, nem tanto – Samuel respondeu rindo. – Mas não posso me queixar.

– É disso que eu estou falando, está vendo? O negão "saradão" faz sucesso com a mulherada. E eu não posso fazer uma piadinha com ele. Agora me diz o que adianta eu ser branco, feio e mirradinho, não pego ninguém, nem gripe. E pior que ninguém me defende. Vou começar a protestar também, fazer um movimento, vai se chamar "feiofobia". Vocês vão ver, pessoa que não gosta de gente feia vai ser processada e presa por "feiofobia"! O que vocês acham? Assim talvez eu leve menos toco.

Denise, Samuel e Clara acharam graça do discurso de Fábio. Dessa vez, Léa ouviu a fala de Fábio e também riu junto com Theo.

– Ah, vocês estão rindo, é? A parada é séria!

– Até acho que faz sentido o que você está falando Fábio – comentou Léa. – Imagino que levar tantos "tocos" assim como está dizendo não é nada fácil, mas tenho certeza de que você está exagerando. Você é bem espertinho e deve ter seus próprios artifícios para conquistar as mulheres, você deve saber que muitas mulheres têm critérios bem mais relevantes do que a beleza, arrisco a dizer que está procurando no lugar errado.

– Nossa, não sei se isso foi um elogio ou uma lição de moral.

Todos acharam graça.

– Só falei o que eu acho, sem intenção de magoar nem de elogiar, e acho mais: você está associando beleza com racismo, uma coisa não tem nada a ver com a outra. As pessoas, na grande maioria, primeiro enxergam a cor, depois a beleza e todo o resto.

– Concordo com a Léa – completou Denise. – Além do mais, você perguntou para Samuel se ele faz sucesso com as mulheres. Por que você não pergunta para ele se ele consegue emprego fácil?

– Mas ninguém consegue emprego fácil nesse País, Denise. Com exceção de você, Léa e Clara, que fazem faculdade de medicina e vão sair do curso já empregadas, todos os demais brasileiros vão ter que ter sorte em sair da faculdade com a carteira assinada – respondeu Ângelo, que acabou de chegar perto do grupo e entrar na conversa.

– Concordo com isso também – disse Denise. – Mas você está generalizando, vivemos em um país onde o preconceito racial se oculta de diversas maneiras, e uma delas é em uma contratação para um determinado cargo onde um candidato negro é rejeitado em detrimento de um branco, ambos com as mesmas qualificações.

– Posso te dar um exemplo de que eu gosto muito? – perguntou Léa e, antes de alguém responder, continuou. – Há alguns anos, o governo do estado do Paraná fez uma campanha sobre o racismo institucional que era assim: foram convidados vários especialistas em recursos humanos para um teste com o intuito de avaliar o que eles pensavam sobre homens e mulheres afrodescendentes em diversas situações. Esses especialistas foram divididos em dois grupos. Foram contratados modelos brancos e negros, para a campanha. Um modelo branco e um modelo negro eram vestidos com a mesma roupa e foi feita uma foto de cada um deles fazendo a mesma atividade. A única diferença entre uma foto e outra, portanto, era a cor da pessoa que nela aparecia. Após isso, mostraram para o primeiro grupo de especialistas em recursos humanos apenas as fotos das pessoas brancas. Para o segundo grupo, foram mostradas apenas as fotos das pessoas negras. Perguntaram-lhes então o que eles achavam de cada uma dessas pessoas. Uma das fotos era de um cara correndo: o grupo 1 disse que ele estava atrasado ou com pressa, já o grupo 2 disse que estava fugindo ou que podia ser um ladrão – lembrando que o grupo 2 estava analisando as fotos das pessoas negras. Em outra foto uma moça bonita e bem-vestida segurando um cabide com uma peça de roupa, o grupo 1 disse que poderia ser uma designer de modas, já o grupo 2 disse que era costureira ou talvez vendedora. Mais um exemplo e eu termino: em um cenário onde colocaram um homem vestido de terno, o grupo 1 disse que podia se tratar de um executivo, já o grupo 2 disse ser um motorista particular ou segurança de shopping. Foram analisadas ainda outras situações, mas não me recordo agora.

– Você consegue ver a diferença agora, Fábio? – completou Denise.

– “Caraca” meu, que gente mais preconceituosa, fiquei de cara agora!

– Pois é, Fábio. Essas pessoas são o reflexo da sociedade em que vivemos – disse Léa, com um tom de lamento.

– Poxa, fiquei mal agora – disse Fábio.

Léa continuou seu discurso:

– São pessoas que se qualificaram para estar na posição de decidir quem ocupará os cargos dentro da instituição. Não as culpo individualmente pelo "pré-conceito" que eles manifestaram, veja que as respostas foram quase unânimes. Tenho certeza de que algo coletivo deve ser feito para que isso seja evitado futuramente. Políticas públicas de inclusão dos negros em ambientes que hoje são ocupados por brancos quase na sua totalidade devem ser implementadas pelos poderes legislativos do nosso país, com o intuito de possibilitar que eles sejam vistos com mais frequência nesses cargos. Eu acredito que dessa forma podemos enfraquecer o racismo ideológico existente em nosso meio.

Fábio ouviu Léa atentamente. Quando ela concluiu, ele se desculpou com Samuel.

– Desculpa, Samuel, se eu fui racista fazendo essa brincadeira com você. E obrigado, Léa, por me abrir os olhos.

Enquanto o grupo conversava, Aline e Pedro estavam longe tentando encontrar alguma passagem que levasse a um lugar qualquer. Ângelo, que não ficou para ouvir o resto da história de Léa, também estava com eles. Assim que Fábio se desculpou, Theo se levantou e convidou todos para voltar, alegando que ainda faltava mais uma parte da caverna para explorarem.

Voltaram para o ponto de partida, no primeiro salão. A volta foi mais fácil pois não passaram na sala de órgão onde gastaram bastante tempo na ida. No primeiro salão se encontrava uma passagem com a abertura menor que a abertura da entrada. Aline tinha o quadril avantajado e novamente teve certa dificuldade para passar pela abertura, ficou com ele preso na passagem. Samuel, que já estava do outro lado, puxou-a com toda força e conseguiu que ela atravessasse. Theo ainda não havia passado, foi o último, assim pôde certificar-se de que todos tinham atravessado a abertura.

O espaço do outro lado era pequeno e não tinha outro caminho que não fosse pela água. O riacho dentro do primeiro salão vinha dali e atravessava por uma passagem que não podia ser vista. Theo pediu para o pessoal se certificar de que os celulares estavam bem protegidos. Ele havia recomendado a aquisição de capinhas à prova de água, como aquelas usadas para tirar fotos de baixo d'água. Clara comprou três, alegando que seria para reserva caso ocorresse algum acidente, não podia correr o risco de molhar seu *Iphone* novo que acabara de ser lançado. No final, acabou emprestando uma para Fábio e outra para Denise. Havia trajetos que eram formados por túneis estreitos sem nenhuma beirada, não tendo como se refugiar daquela água gelada que, nesses locais, batia no peito de muitos deles. O teto era baixo, causando uma sensação de claustrofobia na maioria dos integrantes do grupo.

A escuridão não deixava ver qual era a cor da água, parecia preta. Léa começou a ficar apavorada, segurava a mão de Theo com toda a sua força, os dois estavam no final da fila que se formava naquele túnel estreito e escuro. Mais adiante estavam Clara, Denise e Samuel, de mãos dadas também. Houve um momento em que Denise pisou em um buraco no fundo do riacho e submergiu por completo dentro da água gelada. Samuel foi ao seu socorro, pegou-a pela cintura e levantou-a rapidamente. Léa esqueceu do pavor por um segundo para vibrar com a cena de salvamento da amiga. No desespero do momento, Denise segurou no pescoço de Samuel e puxou para seu peito com tanta força que quase matou o rapaz asfixiado, ele deu então dois passos para a frente para colocar a moça em um local mais seguro e escapar dos peitos assassinos de Denise.

À frente do grupo, estavam Pedro, Aline, Fábio e Ângelo, que, diante de um obstáculo, sem saber o que fazer, pararam para esperar os outros na esperança de que tivessem alguma solução para o problema. Clara chegou primeiro e se surpreendeu com o que viu.

– Uau! Estamos ferrados! – exclamou Clara.

– Acho que temos que voltar pessoal! – anunciou Ângelo.

Theo riu da pegadinha de Ângelo, que já esteve ali antes e sabia bem como fazer para seguir adiante.

– Por que está rindo, Theo? – perguntou Léa.

– Ângelo está brincando, é por isso que eu trouxe a corda.

Diante deles estava uma pequena cachoeira de aproximadamente três metros de altura que caía em um pequeno poço de

2 metros de diâmetro. A impressão que se tinha é que estavam todos encurralados dentro daquele poço com a água até o peito. Theo aproximou-se de Ângelo, que estava no local estratégico para a escalada. Acima da cabeça de Ângelo, havia uma irregularidade na parede que permitia o acesso a outra parte irregular. A partir dali, um pequeno salto fazia com que se chegasse à parte de cima da cachoeira. Ângelo então deu um sinal para Theo, que em seguida subiu nos seus ombros para alcançar a parte irregular da parede. Apoiando-se com as mãos nas paredes, usou suas pernas compridas para chegar à outra irregularidade e, com um salto fácil, chegou no topo. A corda que levou consigo foi amarrada por ele em uma pedra na beira do rio, nesse local a caverna começava a se alargar. O rapaz fez alguns nós na corda para facilitar a subida dos demais. Na ponta da corda, fez uma alça para seus amigos colocarem os pés para iniciar a subida. Com tudo isso pronto, jogou a corda para baixo a fim de iniciar o resgate.

Ângelo e Pedro subiram da mesma maneira que Theo, com a ajuda de Samuel. Eles ajudariam Theo a puxar a corda caso alguém não conseguisse se mover pelos nós da corda. Samuel foi eleito a ficar por último para dar suporte na parte de baixo.

A primeira a subir foi Léa, colocou o pé na alça da corda e segurou fortemente com as mãos um dos nós feito por Theo, tirou o pé da alça e ergueu os dois joelhos para se apoiar em um nó com os dois pés, então esticou as pernas e elevou seu corpo para alcançar o nó de cima. Fez isso mais uma vez e assim chegou bem perto das mãos de Theo e Ângelo. Os rapazes a pegaram pelos pulsos e a puxaram com força para cima. Theo celebrou o desempenho da namorada com um beijo rápido em seus lábios.

Na vez de Clara, não foi tão fácil assim, ela mal conseguia pôr os pés na alça. Assim que colocou, não conseguia erguer o corpo para ficar esticada. Com muito esforço alcançou um nó que ficava abaixo do ideal e, com o corpo todo troncho, não conseguia se mover. Os rapazes resolveram então puxá-la, mas assim que seus pés saíram da água, Clara não conseguiu mais segurar a corda e caiu de volta no poço, encharcando o resto do corpo que ainda estava seco. Fábio estava muito perto e a ajudou a se levantar. Denise e Léa riram da cena, mas ficaram preocupadas com a amiga. Theo então teve a ideia de puxar a corda e amarrar na ponta dela um pedaço de madeira, pediu pra Ângelo ajudar a encontrar.

– Pessoal, vamos procurar alguma coisa para pôr na ponta da corda, faremos algo parecido com um balanço para facilitar a subida de Clara – avisou Theo.

– Não me deixem aqui sozinha, pelo amor de Deus! – implorou Clara, assustada.

– Calma, Clara, tamo junto! – Fábio tranquilizou-a.

Theo e Ângelo voltaram com um galho grosso o suficiente para suportar o peso de uma pessoa. Amarraram a ponta da corda no meio do galho e lançaram para baixo. Clara colocou o pedaço de madeira entre as pernas e se sentou nele. Lá em cima, Pedro, Ângelo e Theo fizeram uma fila para concentrar a força na mesma direção e resgatar a moça. Para a subida de Denise e Aline, usaram o mesmo método, acharam que seria mais fácil já que o sistema já estava montado. Fábio e Samuel subiram escalando a corda.

Esse foi o último obstáculo enfrentado pelo grupo. A partir dali o diâmetro da caverna aumentava cada vez mais. Quando viraram a primeira curva após a cachoeirinha, conseguiram ver uma luz forte adiante, era a saída da caverna. Todos gritaram de alegria em ver a luz natural depois de longas 7 horas de uma escuridão iluminada apenas pelas luzes das lanternas. Chegaram enfim à saída, uma grande saída, de forma que podiam todos saírem juntos, um ao lado do outro sem precisar se ajoelhar ou agachar. Nesse local, o nível da água batia na canela. O riacho em que eles entraram para chegar até ali podia ser visto vindo à frente em suas direções.

Léa, vendo aquela imensa saída ficou pensativa, indagou-se por que não entraram por ali, sofreram tanto para entrar por aquele espaço minúsculo, no entanto havia uma abertura daquele tamanho ali, diante deles, que não exigia esforço para acessar a caverna. Então perguntou para seu namorado.

– Por que não entramos por aqui? Olha só o tamanho desta entrada!

– Se entrássemos por aqui, teríamos que nos molhar, como foi o que aconteceu, então passaríamos a maior parte do tempo dentro da caverna encharcados e isso não seria bom. Poderíamos pegar uma gripe ou até uma pneumonia – respondeu Theo.

– Sim, você é o máximo, pensa em tudo.

Seguiram o caminho de volta felizes e cansados, comentando os tombos, deslizes e trapalhadas de muitos deles. No meio da trilha, Clara lembrou que não tinham feito a foto de todos após a saída, procuraram por um lugar mais descampado para tirar a foto. No estacionamento, trocaram as roupas molhadas por roupas secas e logo seguiram de volta para as suas casas.

11

Pela décima vez, Léa perguntou para Denise se Samuel havia enviado alguma mensagem. Denise pedia para a amiga que a deixasse em paz. Dizia que ele não ia entrar em contato, que era tudo imaginação da cabeça de Léa e que ele só estava se divertindo ao flertar com ela, que o fato de ele ter estado ao lado dela durante as horas na caverna não significava que ele a pediria em casamento no dia seguinte e passaria o resto de suas horas ao seu lado. Lea insistia que Denise estava enganada, que ele havia gostado realmente dela e fazia a amiga parar sua pesquisa para olhar no celular para ver se não havia alguma mensagem.

Léa estava certa, o rapaz realmente se interessou por Denise. Tinha tanta certeza, que tomou o telefone da mão da amiga para checar se ela não estava escondendo nada. E a mensagem estava lá, acabara de chegar, Léa a leu em voz alta, fazendo caras e bocas. Denise pensou que a amiga estava zombando dela, não acreditou que Léa estivesse falando sério. Tinha acabado de checar seu celular e não tinha nenhuma mensagem do rapaz, pegou seu celular de volta e certificou-se de que Léa não estava mentindo. Denise se abriu em um sorriso espontâneo e as amigas a partir daquele momento esqueceram que estavam na biblioteca da faculdade fazendo um trabalho que valia parte da nota e não falaram mais em outra coisa. Concluíram o trabalho no dia seguinte, ainda uma semana antes da data prevista.

Duas semanas depois, Denise e Samuel estavam namorando formalmente. Marcaram um encontro com Léa e Theo em um bar no centro da cidade. O casal estava ansioso para reencontrar Samuel, ambos sentiram um apreço especial por ele no primeiro dia que o conheceram. Denise e Samuel chegaram primeiro ao local marcado, escolheram uma mesa e sentaram-se.

Enquanto o casal de amigos não chegava, conversaram sobre uma questão que Samuel precisava resolver em seu trabalho com relação a um funcionário que pertencia à equipe liderada por ele. O funcionário estava de atestado, no entanto Samuel o encontrou na casa de sua vizinha fazendo um trabalho de pedreiro. Samuel sabia da situação financeira difícil do seu colega, com quatro filhos pequenos e a esposa desempregada. Porém sabia que não podia compactuar com o fato de seu colega e subordinado apresentar um atestado que, a julgar pelo estado em que Samuel o viu, parecia ser falso. Estava numa situação difícil. Discutiu com Denise sobre como fazer para conscientizar as pessoas de que certas atitudes, apesar de parecerem justificadas pelas dificuldades provenientes do sistema precário de distribuição de renda existente, continuam sendo desonestas.

Denise foi mais a fundo, levantou a questão de que o entendimento do que é honesto ou desonesto é apenas o primeiro passo. Deixaram se levar pela conversa e esqueceram do pai de quatro filhos.

– A questão é: – explicou Denise – não basta se conscientizar e fazer a coisa certa ou deixar de fazer a coisa errada, esse é um passo importante, mas, acredite, é o mais fácil... quando você se torna mais sábio, eu quero dizer, compreende melhor as coisas, precisa saber como agir diante disso, e é complicado. De uma hora para outra você entende que precisa mudar de atitude, toma coragem e muda, mas apenas você está naquele processo de mudança, de aprendizado, o resto do mundo não. Aí você olha para o lado e vê todos seus contatos cometendo os erros que você já deixou de cometer e pensa: "poxa será que eles não percebem o que estão fazendo? Será que eles não se veem, não se escutam, como podem proferir tantas barbáries, tantos absurdos?" Você ouve as pessoas falarem coisas que vão contra princípios éticos ou cristãos e se revolta, mas sabe o motivo da sua revolta? É simplesmente porque você não está pronto, não está preparado, tem muito a aprender. Você passou pelo primeiro estágio, que é agir de acordo com o que é certo e errado, uma vez que você já identificou essas duas premissas. Então você passa para o segundo estágio, o mais difícil, que é compreender que cada um tem seu tempo, que o estágio de um não é o mesmo de outro. No segundo estágio, você se concentra em ter paciência com quem ainda não entende, exercita o perdão com relação às palavras ou atitudes de quem não atingiu o primeiro estágio.

– Acho que eu entendi, e concordo plenamente com você, vou dar um exemplo aí você me diz se faz sentido. Na casa de meus pais fazíamos "gatonet".

– Como?

– É a maneira que a gente fala sobre "se apropriar" de canais a cabo ilicitamente.

– Você quer dizer roubar?

– Você é quem está dizendo – respondeu Samuel e continuou. – Pois bem, eu achava normal, quase toda vizinhança fazia, só uma tia minha não fazia. Um dia, fui à casa dela no horário do jogo de futebol, fui ligar a TV para assistir ao jogo e constatei que não tinha "gatonet" na casa dela. Questionei o motivo de não ter, então ela me explicou que aquilo era ilegal. Três anos depois, entendi efetivamente o que ela me disse. Veja, demorou todo esse tempo para eu tomar coragem e enfrentar meus irmãos para deixarmos de usar o "gatonet". Claro que eles não concordaram na hora, levei mais um ano para conseguir e, nesse tempo todo, ficava tentando entender por que eles não conseguiam entender o que era tão óbvio. Usavam as mais estapafúrdias desculpas para continuar usando e eu me irritava por eles não deixarem de fazer aquele ato, que era ilícito.

– Ótimo exemplo, é bem isso que eu quis dizer.

– E o terceiro estágio, qual é?

– Não faço a mínima ideia, se um dia eu chegar lá imagino que de alguma forma saberei.

– Quantos estágios você acha que é necessário para ir para o céu?

Eles riram da pergunta sem resposta de Samuel, Denise disse aleatoriamente um número muito alto, querendo dizer que não conseguiriam nunca. Samuel apostou que no terceiro estágio todos estariam salvos e prontos para entrar no céu. Léa e Theo chegaram a tempo de ouvir a última frase de Samuel.

– Ouvimos céu? Tem lugar para mais dois? – perguntou Theo.

Cumprimentaram-se com abraços calorosos demonstrando a vontade que estavam de se verem. Denise explicou rapidamente sobre o que conversavam e Léa entrou imediatamente na conversa.

– É análogo ao fato de que, para combater o racismo, antes de mais nada, temos que reconhecer que ele existe, cada ser precisa fazer uma reflexão interior e identificar o racismo dentro de si. Com certeza haverá um conflito interno onde a parte que deseja assumir o racismo poucas vezes vencerá, se vencer, você passaria do estágio 1, foi assim que você numerou Denise?

– Primeiro estágio – disse Samuel.

– Pois bem, primeiro estágio. Então você precisa começar a rever o que te levou a ter esse pensamento racista, muito provavelmente você chegará à conclusão de que é um problema estrutural, e que não tenha nascido racista. A partir disso você começa a mudar de atitude e usar formas diferentes para expressar suas falas com relação a questões que promovem, propagam e disseminam o racismo, segundo estágio.

Todos bateram palma para Léa pelo roubo da ideia de Denise, formando um raciocínio voltado para o racismo.

– Começamos bem a noite, hein, pessoal! – comentou Samuel.

– Você não viu nada, Samuel, não sabe o que se passa pela mente dessas lindas garotas – brincou Theo. – E só um conselho: não ouse contrariar!

Um belo quarteto se formou naquela noite, todos pareciam estar sintonizados, embora fossem diferentes em muitos aspectos. Naquela noite, relataram experiências distintas e bastante construtivas. O bar se fechou com eles ainda dentro, não perceberam o tempo passar. Foram convidados a sair para que os funcionários do recinto pudessem fazer a limpeza.

PARTE 2

12

O comércio de importação de produtos da China estava bastante promissor, os produtos tinham custo baixíssimo e o real estava bem valorizado. Sem dúvidas, entrar para o ramo da importação nessas condições era um bom negócio. Roberto, amigo de Raul, estava começando a importar produtos de lá. Vendeu um pequeno apartamento que tinha herdado do pai para investir em um container inteiro de mercadoria. Estava tudo sob controle até que sua mercadoria ficou presa na alfândega, impossibilitando Roberto de movimentar seu dinheiro. Pensou em recorrer ao banco para um empréstimo, mas, antes de ir ao banco, em uma conversa com sua esposa sobre o empréstimo, ela o lembrou de que o amigo estava querendo investir em um novo negócio e sugeriu que fosse até ele oferecer sociedade. Assim o fez, e Raul aceitou de imediato, ele já estava especulando sobre o assunto e o convite de Roberto veio a calhar.

Elisa ficou sabendo da dificuldade de Theo em conseguir pagar a faculdade através da filha, quando mãe e filha estavam conversando no café da manhã e discretamente Elisa tentou tirar informações sobre o rapaz. Foi então que Léa disse à mãe sobre a situação em que o namorado se encontrava. Elisa comentou com Raul sobre o assunto sem avisar Léa e sugeriu que ele ajudasse o namorado da filha com um emprego em algum dos seus negócios. A mãe de Léa gostou do namorado da filha a ponto de intervir por ele, mas ainda estava confusa com a situação, afinal Léa estava passando por um problema financeiro que não era dela, mas que, de certa forma, estava a afetando. Elisa se questionava se esse namoro era bom para a filha. Léa estava cursando medicina e precisava se concentrar nos estudos, sua atenção não podia ser desviada num momento tão importante da sua vida. Pensando nisso, mais do que no problema do rapaz, foi que Elisa pediu para Raul que o ajudasse.

Sem pestanejar, Raul consentiu com a ideia de Elisa, que no momento não mencionou a preocupação com o futuro da filha, apenas o problema do rapaz. Não conseguiu verbalizar que o problema da filha com relação ao foco nos estudos fosse maior do que o do rapaz que estava fora da faculdade por falta de dinheiro para pagar as mensalidades.

Elisa ficou surpresa com a aceitação de Raul. Chegou a pensar que estava brincando, mas não, era verdade. Raul inclusive disse que já sabia como iria ajudar Theo.

– Estou precisando de alguém para trabalhar na empresa de importação.

– Mas não precisa de certa experiência para trabalhar com comércio exterior?

– Sim, mas ele é um rapaz inteligente, vai aprender rápido.

– Eu estava pensando em algo mais simples, você tem tantos pequenos negócios.

– Não se preocupe, meu amor, eu cuidarei de tudo.

– Acho que você deve pensar melhor, imagino que ele não saiba falar inglês, como ele vai poder ajudar?

– Sou eu quem o está ajudando.

– Bem, você deve saber o que está fazendo, não é?

– Sim, como sempre.

Dois dias depois, Raul se encontrou com Roberto no escritório da importadora. A sala de Roberto atualmente era bem maior e mais equipada do que quando começaram a sociedade, o negócio prosperou, Roberto se encontrava em uma situação financeira bastante confortável. Consequentemente Raul, que era seu sócio, lucrava bem com os rendimentos da empresa, de forma que sua parte no lucro quase equivalia aos rendimentos que ele tinha com seu trabalho de médico. Após se cumprimentarem, sentaram-se em um sofá que ficava no meio do escritório e Raul começou a explicar para o sócio a situação em que se encontrava.

– Preciso de um favor.

– Será um prazer, sabe que eu não posso te recusar nada, não é?

– Não por isso. Preciso ajudar um amigo da minha filha. Ele está precisando de emprego, está com dificuldade financeira.

– Claro, estamos sempre precisando de alguém aqui, sabe como é difícil encontrar alguém capacitado para trabalhar com comércio exterior, certo? Depois me passa os dados do rapaz, por gentileza. Entrarei em contato com ele para marcar uma reunião e decidir em qual função ele poderá nos ser útil.

– Ficarei muito grato.

– Imagina, aqui você manda, mas me diga, não foi somente por isso que veio aqui, foi?

– Sim, foi, queria falar pessoalmente sobre isso com você.

Roberto ficou calado, achou estranho, um telefonema bastaria para resolver aquilo, suspeitou que houvesse algo que ainda não tinha se revelado naquela conversa. Roberto estava certo.

– Gostaria que colocasse ele na equipe da China – disse Raul.

O fato de Raul pedir que enviasse o futuro funcionário para a China sem ao menos conhecê-lo deixou Roberto bastante desconfortável. Viu-se em uma situação nebulosa, sem sentido, não estava entendendo onde seu sócio queria chegar com aquele pedido esdrúxulo.

– Na equipe da China? – questionou Roberto, incrédulo. – Bem, como eu te falei, Raul, vou conversar com ele e analisar suas aptidões, não tem como eu enviá-lo para lá sem saber se ele é competente o bastante.

– Você não está entendendo, Roberto, estou te pedindo para contratar esse moço e enviá-lo para trabalhar com o pessoal no exterior.

– Mas ele tem os requisitos necessários para esse trabalho?

– Não ainda, mas ele é bem inteligente e aprenderá rápido e *in loco*.

– Achei que seu pedido fosse mais simples, Raul. Manter um funcionário sem experiência na China vai nos custar caro. Temos apenas dois funcionários trabalhando lá, esse rapaz, além de não ajudar no início, tomará o tempo de um outro para treiná-lo.

– Nada que você não possa resolver. Não é um pedido de um sócio Roberto, é um pedido de um amigo.

– Tudo bem, como eu disse, não posso negar um pedido seu.

– Só tem um detalhe, não mencione que fui eu que pedi para enviá-lo para China. Invente uma boa razão para isso.

Roberto ficou bastante incomodado com o pedido do amigo. Que ele quisesse ajudar alguém com dificuldades financeiras Roberto entendia, conhecia Raul o suficiente para saber que atrás daquela carcaça formal e intransponível para muitos, havia um coração bondoso, mas não era só isso, estava óbvio. Além do mais, ele nunca interferiu em qualquer decisão da administração da empresa, limitava-se a decidir assuntos financeiros e relativos aos investimentos. No entanto, não viu problemas em ajudar um desempregado, embora previsse problemas com relação à equipe da China em receber alguém que ele mal sabia quem era. Estava torcendo para que fosse alguém esperto o suficiente para aprender a função minimamente a ponto de não causar confusão.

A reunião foi marcada e Theo estava lá, meia hora antes do horário marcado, ansioso pelo encontro com o sócio de seu sogro. "Não devo dizer que Dr. Raul é meu sogro", lembrava de vez em quando, a fim de seguir a orientação de Raul, alegando que seus colegas de trabalho pudessem pensar que ele teria privilégios ou associassem qualquer promoção que por ventura ele conquistasse devido a um bom desempenho ao fato de ser genro do dono da empresa.

Raul orientou inclusive a não contar sobre seu namoro com Léa, para não parecer que isso estava interferindo na administração da empresa. Disse que achou melhor apresentá-lo como amigo de sua filha. Tal conselho foi muito bem recebido por Theo, que não estava confortável com o fato de talvez ser contratado unicamente pela indicação do sogro. Assim, caso Roberto o contratasse, seria porque ele realmente teria o perfil desejado para ocupar a vaga em aberto na empresa, vaga esta que Raul não esclareceu direito qual era ao mencioná-la. Theo pensou que, se obtivesse algum sucesso após entrar na empresa, seria por mérito próprio. Doce ilusão, mal sabia o pobre rapaz que seu destino já estava traçado.

O plano de Raul era simples e objetivo: afastar Theo de sua filha.

Theo não era o rapaz que Raul projetou para ser seu genro, não tinha os requisitos que julgava essenciais para proporcionar à filha uma vida digna e próspera, além de serem de etnias diferentes, o que era bastante relevante para o médico. Raul não se desesperou quando Léa o apresentou na noite do jantar em sua casa, era esperto o suficiente para saber que uma desaprovação do namoro dos dois jovens pudesse tornar o romance ainda mais interessante e romantizar demasiadamente a história do casal apaixonado. Não mencionou sua desaprovação nem mesmo com sua esposa, para não correr o risco de ela, mais cedo ou mais tarde, comentar com a filha por algum motivo.

Acertada a contratação do namorado da filha, o médico aguardou o momento propício para oferecer ajuda ao rapaz. Até aquela tarde de sábado em sua casa, Raul não havia conversado com Theo sobre seu trabalho e sobre seus estudos. Havia chegado a hora. Léa e Theo estavam na sala de jantar, sentados um ao lado do outro com o notebook aberto, fazendo uma pesquisa sobre um lugar com que Theo sonhava com certa frequência. Foi nessa hora que Raul entrou e iniciou a conversa.

– Está de folga hoje, Theodor, ou você não trabalha aos sábados?

– Não trabalho aos sábados. Minto, não trabalho sábado durante o dia.

O casal se olhou e riu do que Theo acabou de dizer e Léa completou.

– Ele trabalha sábado de madrugada, pai.

Raul já sabia disso, sua esposa havia dado a ele essa e muitas outras informações sobre o rapaz, obtidas em conversas com a filha. Elisa sempre dava um jeito de obter um dado ou outro sobre a vida de Theo.

– Nossa! Muita gente não se adapta em trabalhar à noite, não é nada fácil, já tive que pernoitar no trabalho várias vezes devido às cirurgias onde os quadros se agravaram durante o procedimento. Você se adaptou fácil?

– Não me adaptei ainda, mas, enquanto não encontrar nada melhor, vou segurando a barra!

Não poderia ser melhor a deixa que Theo deu para Raul entrar no assunto que desejava. Quanto a Theo, quando percebeu já estava falando de seu trabalho com seu sogro. E foi como se estivesse falando de futebol.

– Então você está procurando outro emprego?

– Não exatamente, não tinha muito tempo para isso, mas vou me dedicar a isso agora – Theo falou isso lembrando que, devido ao trancamento da matrícula da faculdade, teria o tempo livre.

– Veja que coincidência, falei com Roberto esses dias e ele me disse que estavam contratando lá na importadora. Se quiser, posso falar com ele sobre você.

Theo ficou sem resposta, pensou não entender direito o que Raul estava falando. Léa abriu um sorriso enorme e explicou para Theo sobre a importadora da qual o pai é sócio.

– Eu acho que não tenho as qualificações necessárias para trabalhar em uma importadora, seu Raul – respondeu Theo.

– Na verdade, eu não sei direito sobre a vaga e nem quais são os requisitos necessários, mas, como você trabalha à noite, tem tempo para ir lá pessoalmente e conversar com ele sobre isso.

– O senhor me pegou de surpresa, não sei o que dizer.

– Não se sinta obrigado, só estou sugerindo porque você disse que vai procurar outro emprego. Converse com Léa sobre o assunto. Qualquer coisa, você me avisa e eu dou um telefonema para ele.

– Sim, de qualquer forma, muito obrigado pela preocupação.

Raul saiu da sala de jantar e foi para seu escritório localizado próximo à sala de estar. Meia hora depois, Theo foi até ele para dar a resposta.

Assim como Theo, Léa também ficou surpresa com a proposta do pai, que veio em momento muito oportuno. Conversaram rapidamente sobre o assunto e perceberam que não tinha como dizer não. Léa conjecturou que o salário na importadora muito provavelmente seria melhor do que o que ele ganhava como recepcionista do hotel. Se estivesse certa, não precisaria fazer bicos para completar o valor das mensalidades. Ademais, o que Theo tinha a perder? Decidiram juntos que ele aceitaria a indicação de Raul.

– Com licença, seu Raul – pediu Theo antes de entrar no escritório.

– Claro rapaz, entra aí.

– Conversei com Léa a respeito da vaga na importadora. Se a vaga ainda estiver em aberto, gostaria de tentar.

– Sábia decisão!

– Sinceramente não sei, acho que é prepotência minha querer me meter em algo que não sei nem por onde começar.

Raul tranquilizou Theo com relação ao fato de ele não ter formação na área, disse-lhe que seu sócio era uma pessoa receptiva e amigável, que se fosse contratado ele estaria em boas mãos. Foi nessa hora que o orientou com relação ao infortúnio que poderia causar se dissesse que namorava a filha de um dos sócios.

Roberto recebeu Theodor no horário combinado. O rapaz estava aguardando na sala do café e o próprio Roberto foi buscá-lo para a reunião. O jovem candidato à vaga que sempre foi dele se sentou de frente com Roberto em sua mesa de trabalho. Roberto não sabia direito por onde começar a entrevista, uma vez que já estava definido o que ele iria fazer e onde ele iria trabalhar. Cumprimentou-o e iniciou a "entrevista" falando sobre Raul.

– Então você conhece meu amigo Raul, isso é bom porque significa que você é de confiança.

– Sim – respondeu Theo monossilabicamente para não se denunciar.

– Devo muito a ele, me ajudou em uma hora em que eu mais precisava, mas essa é uma história que contarei em um outro momento. Bem, vamos lá, Theodor, antes de mais nada gostaria de dizer que preciso de alguém que tenha disponibilidade de viajar, isso pode parecer óbvio em se tratando de uma importadora, mas vale a pena lembrar.

Theodor não achou óbvio, aquilo não passou pela sua cabeça, não estava esperando sair da cidade por motivo algum, inclusive estava lá em busca de uma renda melhor para conseguir ficar na cidade e concluir o curso de Direito. Viu-se diante de um impasse, pois a única coisa que julgava interessante dizer em seu favor era que estava na faculdade. Isso demonstraria que é um rapaz que procurava progredir na vida, mesmo com a faculdade trancada, explicaria a razão e com certeza ele entenderia. Agora isso somaria ponto negativo para a vaga, não contratariam alguém sem disponibilidade de tempo, tudo isso passou pela cabeça de Theo numa fração de segundos.

– Disponibilidade?

– Sim, algum problema?

– Não, problema algum. No momento eu tenho sim – respondeu sem pensar.

– Começamos bem! E seu inglês? Você fez onde? Não me diga que foi colega de Léa, porque se foi, você deve conhecer minha filha. Elas estudaram juntas o curso todo.

Nessa hora Theo quis sair correndo daquela sala sem dizer adeus. Estava se achando um imbecil em estar ali tentando uma vaga, numa importadora, se nem curso de inglês ele tinha feito, seu inglês se resumia ao verbo "*to be*", que ele mal aprendeu na escola. Criou coragem e respondeu.

– Não senhor, eu não falo inglês.

Roberto não conseguiu disfarçar seu espanto. Raul pediu para empregar um amigo de sua filha, mas não mencionou que o rapaz era totalmente despreparado para qualquer função dentro da importadora, ao menos devia saber falar inglês para poder enviá-lo à China como ele havia pedido. Respirou e forçou aparentar achar aquilo natural.

– Você disse que tem disponibilidade, não é? Isso é o mais importante. Quanto a falar inglês, nada que um bom curso e boa vontade de aprender não resolva.

– Para falar a verdade, seu Roberto, eu não sabia direito quais os requisitos necessários para a vaga. Seu Raul não me deu detalhes, disse que não sabia também. Sinceramente acho que estou tomando seu tempo, me desculpe por isso. Além do mais, posso estar tomando a vaga de alguém mais capacitado do que eu e talvez isso não seja justo.

– Seu Raul enxerga longe, meu jovem rapaz, ele sabe o que faz, ele sabe que eu gosto de trabalhar com pessoas sem vícios de empresas que tratam funcionários como máquinas que só produzem e não são capazes de resolver conflitos. Você é jovem, é uma folha em branco pronta para ser preenchida, muitos acham que isso é um defeito, querem alguém pronto, eu não, eu prefiro treinar meus funcionários de maneira que eles trabalhem ao meu modo.

O sócio de Raul continuou a entrevista, explicou sem muitos detalhes qual seria sua função na importadora, mas não o comunicou sobre seu destino já traçado, foi ponderado para não assustar o rapaz a ponto de desistir da vaga que, na verdade, nem existia. Quando o sócio de Raul falou sobre o valor que receberia, as dúvidas do jovem com relação a ir adiante quase que se evaporaram instantaneamente. O rendimento seria o dobro que recebia como funcionário do hotel, daria para pagar a faculdade sem fazer bicos. Se aceitasse trabalhar na importadora, só bastaria ter a sorte de não ser enviado com frequência a outros lugares para não atrapalhar seus estudos. No final da entrevista, Theo foi convencido que era a melhor opção para Roberto e saiu de lá com um acordo de pedir a demissão no trabalho atual para logo em seguida assinar a carteira na importadora.

13

A primeira coisa que Theo fez após a entrevista foi enviar uma mensagem para Léa combinando de se encontrarem para ele inteirá-la da conversa que teve com Roberto. Encontraram-se na praça de alimentação do shopping próximo à faculdade de Léa.

A animação de Léa com a notícia de que Theo tinha conseguido a vaga foi imensa, ela abraçou-o com força e encheu-o de perguntas sobre os detalhes da entrevista e do novo trabalho. Perguntou sobre sua futura função e qual impressão ele teve de Roberto. Também perguntou coisas que ele não sabia responder, não tinha lembrado de perguntar, como por exemplo qual seria o horário de expediente. O ápice da excitação de Léa foi quando ele revelou seu rendimento, rapidamente Léa deduziu que daria para pagar as mensalidades do curso de Direito e seu namorado podia dar continuidade ao seu projeto de se tornar um advogado.

A excitação de Léa foi frustrada quando soube que a vaga preterida era para alguém com disponibilidade de tempo. Dessa forma Theo estaria resolvendo um problema, mas criando outro. Se o trabalho exigisse muito tempo, se a importadora o enviasse para algum lugar onde teria que faltar a faculdade e perder algumas aulas do curso, isso poderia atrapalhar a conclusão do curso. Léa, com calma, questionou sobre isso.

– Mas, Theo, você não pensou que isso poderá atrapalhar suas aulas? Você disse a ele que está estudando? Você trancou a faculdade, mas vai voltar assim que possível.

– Não disse – Theo respondeu meio confuso. – Eu não sabia o que dizer na hora, ele me perguntou se eu tinha disponibilidade para viajar, eu não soube o que dizer. No momento eu tenho, não tenho?

– Você está sendo imediatista, Theo, deve pensar a longo prazo. Você foi lá para analisar a vaga, saber da função e tudo mais, não precisava aceitar se não fosse bom para você. Se ele te enviar para um trabalho fora da cidade, você perderá aulas e isso afetará no término do curso, se isso virar rotina, pronto, seu projeto vai por água abaixo.

– Eu sei, simplesmente não pensei direito, mas tem um detalhe importante, Léa: o salário é o dobro do que eu recebo no hotel. Só por isso já devo aceitar. Já imaginou não precisar contar moedas para pagar o curso?

– Já imaginou pagar o curso e não poder frequentá-lo? – retrucou Léa.

Aquilo que Léa falou deixou o jovem promissor desapontado, não com ela, talvez com ele mesmo. Léa tinha razão, talvez não devesse ter aceitado, ao menos devia ter contado para seu possível futuro patrão sobre os planos de voltar a estudar. Theo ficou um pouco chateado com Léa pelas sábias palavras, sentiu-se como se ela tivesse jogado um balde de água fria em sua perspectiva de um futuro próspero. Só que ela estava com a razão, ele sabia que o que ela dizia era razoavelmente coerente, mas ele também sabia que ela não fazia ideia do que era não ter dinheiro para pagar uma faculdade ou qualquer outro boleto, fosse o valor que fosse. Por isso se apegou nesse detalhe a fim de justificar sua revolta contra o que ela dizia. Ponderou que ela, mesmo estando certa, podia ao menos se colocar em seu lugar e entender as razões de ele ter aceitado o trabalho. Para ela talvez fosse algo que não era passível de consideração, pois não atendia a todos os requisitos que julgava imprescindíveis para que ele aceitasse. Mas para ele foi a melhor proposta que já recebeu na vida toda.

– Eu não estou frequentando agora, Léa, então não faria muita diferença, não acha? – disse Theo com a voz um pouco alterada. – Além do mais, no meu mundo, as propostas de trabalho não caem do céu a ponto de eu simplesmente ignorar a oportunidade.

Theo, nessa hora, começou a rir de maneira esquisita. Léa estranhou a atitude do rapaz, ele nunca sequer havia alterado a voz com ela e de repente, além de se alterar, estava com um sorriso irônico no rosto e com semblante de revolta, Theo continuou a falar.

– Como eu posso ser tão tolo? Perdi a noção da realidade, esse não é o meu mundo, por isso esse emprego caiu do céu, essa oportunidade apareceu por conta de eu ser seu namorado. Não é sorte, é privilégio de conhecer seu pai e ele me proporcionar essa oportunidade. Consegue entender o motivo de meu inconsciente decidir falar por mim, Léa? Ele sabe que essas oportunidades são como encontrar agulhas no palheiro.

As palavras de Theo deixaram a moça pensativa. Percebeu que ele estava aflito com a situação e que, de certo modo, ela agiu de forma impulsiva, sem dar tempo para ele refletir sobre o que ela tentava explicar. Reconheceu que, apesar de estar certa, podia tê-lo questionado de forma mais cautelosa.

– Não quero mais falar sobre isso por enquanto, preciso organizar meus pensamentos, você me deixou confuso. Acredite, sei que você tem razão, obrigado por refrescar minha memória com relação ao que eu quero para o meu futuro, mas agora preciso pensar. Preciso de um tempo.

Ele se levantou e saiu quase que sem se despedir da namorada. Fingiu não se importar com o semblante triste da moça o ouvindo terminar as últimas palavras. Percebeu sua expressão assustada quando o viu se levantando e saindo. Theo não tinha ideia de onde estava indo, só queria sair daquela situação. A princípio, não queria ir conversar com Roberto, achando que não tinha conhecimento para qualquer função dentro da importadora, mas, quando voltou de lá, estava empolgado e feliz. Acreditou no que Roberto havia lhe falado, sobre ser uma folha em branco, e estava pronto para receber os treinamentos que fossem necessários.

Agora já não tinha certeza do que fazer, precisava refletir. Foi para casa, precisava descansar antes de ir para o hotel para mais uma noite de trabalho ou, quem sabe, para pedir demissão.

Theo não olhou o celular desde que deixou Léa no shopping. Quando acordou, duas horas depois de se deitar, pegou o telefone que estava ao lado se sua cabeceira para olhar as horas e viu que tinha uma mensagem de Léa que dizia:

"Desculpe-me se te magoei, eu ainda tenho muito a aprender, me ensina."

O rapaz já havia se arrependido de ter agido no impulso da emoção e deixado a moça sozinha, mas ainda estava muito confuso para pensar naquilo àquela hora. Tomou um banho às pressas, depois se arrumou e foi trabalhar. Passou a noite inteira pensando sobre o que fazer da sua vida e não chegou a lugar algum, o dia raiou e voltou para casa mais confuso do que quando tinha saído dela.

Na manhã seguinte da conversa entre Roberto e Theo, Raul fez um telefonema para o amigo perguntando o resultado da entrevista. Roberto atendeu-o cordialmente, mas não pode deixar de se queixar por ele ter enviado alguém que não sabia ao menos falar a língua inglesa. Disse que ele não havia mencionado aquilo para ele e foi pego de surpresa, o que o deixou sem saber como agir quando o rapaz lhe respondeu que não sabia falar inglês. Alegou que ficaria difícil enviar alguém para a China que mal conseguia se comunicar. Disse que tinha gostado do rapaz e que parecia ser inteligente e esforçado, mas ainda assim seria bastante complicado enviá-lo tão cedo para o exterior. Completou afirmando que estava fazendo aquilo por ser um pedido especial de um amigo. Roberto também elogiou Theo por quase desistir da vaga, percebeu que o rapaz era decidido e teve que convencê-lo a ficar.

Entre uma aula e outra da faculdade, Léa foi até a casa de Theo sem avisar. Bateu na porta e aguardou um momento, mas ninguém abriu. Ângelo estava trabalhando e Theo estava dormindo, por isso não a escutou bater na porta. Léa resolveu dar a volta pela casa até chegar à janela do seu quarto, deu uma batida de leve e conseguiu acordar o rapaz. Ele abriu a janela assustado, ainda meio dormindo, e se deparou com Léa. Seu coração acelerou ao vê-la. Saiu apressado, de cueca, para abrir a porta para ela. Léa voltou para a frente da casa também apressada para se encontrar com Theo, que abriu rapidamente a porta e a puxou para dentro. Deu-lhe um abraço duradouro, apertou forte sua amada como se estivesse há dias sem vê-la. Léa retribuiu o abraço e ficou aliviada em perceber a reação de felicidade de Theo ao se encontrar com ela. Ambos tinham algo a dizer naquele momento, queriam se retratar sobre as atitudes que tiveram na noite anterior. Ela queria se desculpar por ser tão taxativa e não ponderar a decisão dele e também queria expor sua decepção em vê-lo sair sem se despedir como se fosse um moleque mimado e sem autocontrole. Ele queria pedir desculpas por esse mesmo motivo, estava envergonhado por se comportar de tal maneira, embora tivesse seus motivos, nada justificava a atitude infantil que tivera com ela. Mas, naquele momento, nem ele nem ela conseguiram dizer algo antes de saírem como se fossem um só, atropelando os obstáculos em suas frentes a caminho do quarto de Theo. Quando chegaram lá, caíram na cama. Léa tirou o que restava de roupa em Theo e este despiu-a completamente. Seus corpos se uniram mais uma vez e novamente algo sublime se revelou para ambos.

Somente depois de se amarem, iniciaram a conversa sobre o ocorrido da noite anterior. O casal resolveu tudo sem deixar nenhum resquício de desentendimento entre eles e depois voltaram a conversar sobre o trabalho na importadora. Com mais calma, tentaram discutir se afinal seria a melhor opção aceitar o emprego. Léa, depois de pensar muito na noite anterior, chegou à conclusão de que ele devia decidir sozinho, era a vida dele que estava em jogo, portanto caberia a ele fazer essa escolha.

– Você está me dizendo que não vai opinar? – perguntou Theo. – No fundo eu sei o que você acha que devo fazer.

– Não, Theo, eu achava que sabia, mas que bom que você me fez enxergar que o que é claro e certo para um pode não ser para outro.

– Sim, mas vou precisar de orientação e opinião vez ou outra e você é a pessoa mais sensata que conheço, você não vai me negar isso, não é?

– Claro que não vou negar nada que me pedir, mas algumas coisas a gente tem que decidir sozinho. Quero que saiba que, qualquer que seja sua decisão nesta situação ou em qualquer outra, eu estarei ao seu lado, te apoiando e te animando.

Naquela mesma noite, Theo pediu demissão no hotel em que trabalhava e dois dias depois estava assinando o contrato de trabalho na importadora. As incertezas ainda norteavam a mente do jovem rapaz, mas, mesmo assim, ele decidiu por seguir em frente na decisão de mudar de emprego. Se não tomasse essa decisão, suas incertezas com relação ao seu futuro não seriam menores, por isso optou em dar um passo adiante e pagar para ver.

Aliás teria mais dinheiro do que antes no novo emprego e isso poderia compensar algum contratempo em relação ao término do curso de Direito. Ao menos seriam dias mais prósperos, com menos miséria, seria mais fácil suportar do que os angustiantes dias que passava sem poder estudar e sem dinheiro para qualquer outra coisa.

Roberto fez uma integração rápida com o rapaz, praticamente apresentou os demais funcionários e informou suas respectivas funções. Os funcionários da importadora aparentemente agiram normalmente com a chegada do novo membro, não deixaram transparecer que estavam intrigados com o novo colega de trabalho que chegara de paraquedas, sem nenhum aviso anterior. A necessidade de alguém para ajudar nas diversas funções na empresa era sabida por todos, muitos diziam para Roberto que precisavam de alguém para ajudar aqui ou ali, e ele nada fazia com relação a isso. De uma hora para outra, alguém apareceu do nada. Geralmente, na contratação de alguém, Roberto comunicava todos e pedia indicação dos funcionários, mas dessa vez simplesmente apareceu com alguém já contratado.

Roberto deixou Theo aos cuidados de André, que, além de outras atividades, era responsável por certificar se os produtos embarcados estavam dentro da legislação determinada. Pediu para André ensinar ao jovem tudo sobre o assunto no menor tempo possível. A princípio, André reagiu bem, até trocar as primeiras palavras com Theo e descobrir que ele não tinha e não estava cursando faculdade de Comércio Exterior. Esse era um requisito que Roberto passou a exigir nos últimos anos para trabalhar na importadora por sofrer algumas decepções com contratações que fez sem essa exigência. Theo percebeu o semblante de decepção na face de André e rapidamente mencionou que estava cursando faculdade de Direito, o que amenizou um pouco a situação, mas não foi o suficiente. Assim que conseguiu despistar Theo, André foi até a sala de Roberto se queixar. Alegou não ter tempo de ensinar ninguém naquele momento, que estava soterrado de trabalho e que não tinha tempo de ser babá de ninguém. Questionou o motivo de ter contratado alguém sem experiência e que podia ao menos ter seguido o requisito de estar no mínimo no terceiro ano do curso de Comércio Exterior.

– O rapaz é inteligente, André, vai aprender rápido. Além do mais, o professor é muito bom, sei que você vai tirar o melhor dele.

– Será um prazer ensiná-lo, Roberto, mas eu precisarei de tempo, estou indo agora para o porto resolver a situação de uma carga que ficou presa no canal vermelho, o que eu faço com esse rapaz? Levo junto e deixo na praia tomando um sol e bebendo uma água de coco enquanto resolvo o problema?

– Faça isso, leve-o junto, mas não deixe na praia, mantenha-o perto de você, apresente a ele a situação em que a carga se encontra para já ir se familiarizando. Assim, quando ele estiver na China, ficará mais atento ao preparar as cargas.

– Como é que é? – André arregalou os olhos assustado com a notícia.

– Vou enviá-lo pra China para auxiliar o Cris e o Jean.

– Calma – pede André tentando assimilar tudo. – Isso tudo está muito estranho. Você me pediu para ensinar tudo para o rapaz no menor período possível. Quanto tempo?

– Duas semanas – respondeu Roberto.

– Você está louco! Certeza.

– André, você está comigo desde o início, não é mesmo? Você já me ajudou muito, sempre contei com você e nunca me deixou na mão. Então encare isso como um pedido especial, é um favor que lhe peço e não comente nada com os demais funcionários por gentileza.

André saiu da sala de Roberto incrédulo, não estava acreditando que Roberto cometeria uma irresponsabilidade dessa ordem. No entanto, no fundo ele sabia que o pedido tinha algum motivo especial e resolveu confiar na intenção de seu patrão, embora não soubesse qual era. Conformou-se com a missão impossível que acabara de receber.

Bastou um dia perto de Theo para que André percebesse que não teria tanto trabalho no treinamento do rapaz como ele supôs. Inclusive, quando eles estavam no porto para a vistoria física da carga, Theo teve uma atitude inesperada que adiantou bastante o trabalho de André.

A carga foi parametrizada em canal vermelho. Ficaram então aguardando a distribuição e a exigência que o fiscal colocaria. Neste dia, que seria a vistoria física da carga, ela já havia sido desovada e posicionada para a inspeção. Então André e Theo foram até lá para acompanhar o fiscal e, quando este detectou que os itens de dentro de uma caixa não batiam com o código de barras conforme descrito no documental, colocou como carga em desacordo e notificou futura autuação.

No caminho para o porto, André foi explicando para Theo como funcionava o sistema de fiscalização das cargas. Falou, sem muitos detalhes, sobre parametrizações, Desembaraço da Importação (DI) e alguns problemas decorrentes da falta de coerência nos documentos dos produtos importados. Tudo era muito novo para Theo de modo que não tinha nem perguntas para fazer, estava assimilando tudo com muita atenção, não queria perder nenhum detalhe sobre as informações que André estava lhe passando.

André foi conversar com o fiscal para saber o que realmente estava acontecendo, este informou o problema e mostrou as caixas que havia aberto com os itens em desacordo. Theo estava observando atento a situação e percebeu antes de André que havia uma diferença sutil entre as caixas, havia dois tipos delas, o fiscal havia aberto apenas três caixas que eram iguais e verificou apenas uma delas. Theo pediu licença para abrir a caixa que era diferente, verificaram que estava com os itens tal qual constava na DI. Abriram todas as caixas iguais a ela e somaram os itens. Pimba! Estava tudo certo. A documentação era coerente com o descrito na DI, a carga podia ser liberada para começar o processo de desembaraço aduaneiro da carga e autorização de retirada de porto. Na verdade, o problema encontrado se restringia às caixas que eram iguais a que o fiscal abriu, que somavam somente seis unidades. Estas não estavam com os itens conforme foi informado nas documentais, mas como apenas tinha diferença de código de barras porque tinham cores diferentes, o produto em si na sua classificação fiscal não fugia da mesma carga tributária. Sendo assim, era o mesmo produto e foram autuados por desconformidade na documentação, mas apenas dessas caixas. Obviamente esse problema não poderia acontecer, a equipe no local do embarque teria que ter observado melhor e informado corretamente os dados das caixas.

A observação de Theo foi importante, pois conseguiram liberar a carga. Infelizmente com uma despesa a mais, mas pelo menos cessaram as despesas no porto com armazenagem. André percebeu, diante do fato ocorrido, que o rapaz era bastante esperto e podia se dar bem na empresa. Ficou mais tranquilo com a difícil tarefa de ensinar a ele tudo em duas semanas, mas ainda sabia que era impossível.

Léa estava ansiosa para ver Theo e saber como tinha sido seu primeiro dia na importadora. Theo estava ainda mais ansioso do que Léa e passou na casa dela no início da noite. Ela ia acompanhá-lo na faculdade, queria destrancar a matrícula o mais rápido possível, não queria perder um minuto do seu tempo fora da faculdade. Assim que Léa entrou em seu carro velho, ele já iniciou o relatório de seu dia.

– Foi melhor do que eu imaginava, Léa, quero dizer, eu nem imaginava nada de tão apreensivo que estava, mas eu estou muito confiante agora, percebo que vai dar certo. O André não foi com a minha cara logo de início, mas eu percebi que ele gostou de mim, aconteceu uma situação lá e eu ajudei a resolver, você acredita?

– Que bom, Theo! Estou gostando dessa sua animação, estou muito feliz por você!

– Eu estou também! Estava com tanto medo, vou confessar. Rezei muito ontem à noite e Deus atendeu meu pedido. Espera aí, não, não posso comemorar ainda, foi só o primeiro dia. Deus, não descanse! Ainda temos muito a fazer.

– Você está dando ordem a Deus? – Léa riu de Theo conversando com Deus.

– Não é ordem, é acordo. Ele é meu "parça" – justificou brincando.

– Desde quando Deus faz acordo? Sinceramente, acho que ele não faz – disse Léa.

– Pensando bem, acho que não mesmo. Bem, – olhou para cima como se fosse para Deus – foi mal, mas "tamo" junto, não "tamo"?

– Só você mesmo, Theo – disse Léa, rindo de seu namorado.

Infelizmente não foi possível destrancar a matrícula. Theo teria que aguardar o próximo semestre para ingressar novamente no curso, se voltasse naquele semestre seria reprovado por falta. Theo sabia disso, mas foi até lá para conversar com a coordenadora do curso e saber se dava para fazer algo a respeito para evitar que ele perdesse o semestre. Ele ficou um tanto decepcionado, mas não se deixou abalar, aquele não era um dia para ficar triste e sim se alegrar, tinha um novo emprego e tudo indicava que correria tudo bem. Convidou a namorada para comemorar em uma pizzaria o início de seu trabalho e prometeu que, com seu primeiro salário, levaria Léa a um restaurante refinado e pagaria a conta sozinho.

– Não vou recusar, vou deixar você fazer essa gentileza.

– Só não sei se vou saber me comportar em um restaurante desses que você está acostumada a ir, acho que vou fazer você passar vergonha.

Na pizzaria, o casal conversou melhor sobre como foi o primeiro dia de trabalho de Theo. Não demoraram muito por lá, Theo tinha que acordar cedo para seu segundo dia de trabalho. Antes de sair, Theo foi ao banheiro e, na saída, ao passar por uma mesa, um rapaz o chamou, não pelo nome, pois ele não sabia. Theo voltou-se para ele para ver do que se tratava, o rapaz pediu para Theo fazer a gentileza de trazer um refrigerante. Theo pediu desculpas e disse que não trabalhava na pizzaria, pediu desculpa também por não poder ajudar e saiu. Pensou que o rapaz estivesse confundindo ele com o garçom por estar de camisa branca, abotoada até o penúltimo botão. A mesma usada no dia em que foi demitido do Bobotie, mas agora sem a mancha.

Na primeira hora de expediente do dia seguinte, André foi chamado para conversar com Roberto sobre o novo funcionário. Roberto queria saber qual a impressão que ele teve do rapaz, precisava ter conhecimento do tamanho do seu problema. Para a sua feliz surpresa, André contou o episódio ocorrido na aduaneira e arriscou dizer que o rapaz tinha um futuro promissor. Assim que André saiu da sua sala, Roberto ligou para Raul a fim de dar a notícia.

– Parece que seu pupilo está indo bem, Raul. Arrancar um elogio do André no primeiro dia de trabalho é uma raridade.

– Ele não é meu pupilo, Roberto. De qualquer forma, é muito bom saber. Isso significa que já pode providenciar o passaporte do rapaz.

Naquele dia, André bombardeou Theo com informações a respeito de legislação sobre comércio exterior. Deu-lhe alguns livros específicos sobre o assunto. O rapaz estava acostumado com muitos termos técnicos dos livros de direito que estava habituado a ler na faculdade, por isso não teve muita dificuldade com a leitura e o entendimento dos termos.

A primeira semana de Theo foi intensa, mal conseguiu falar com Léa por estar empenhado em ler os livros que André lhe indicou e outros que ele mesmo julgou necessários. Não queria perder a chance que, segundo ele mesmo, era providência divina. Uma vez que Deus havia lhe proporcionado aquela oportunidade, ele não mediu esforços para fazer a sua parte, estudar e aprender. Quando a semana estava terminando, Theo estava bem inteirado sobre as atividades principais da importadora. Roberto o chamou para conversar e dar um *feedback* sobre seu trabalho, André acompanhou. Conversaram sobre como foi o treinamento de Theo, seus avanços e suas dificuldades. Theo ficou bastante satisfeito com o retorno de Roberto, teve certeza de que estava no caminho certo. No final da reunião, Roberto jogou a granada que estava guardada em seu bolso.

– Precisamos enviar um funcionário para o escritório da China.

– Temos dois funcionários lá, alguém vai voltar? – Perguntou André pois ainda não tinha entendido o motivo de Roberto enviar Theo para China.

– Talvez, tivemos três problemas com DI só no último mês, preciso enviar alguém para lá para ajudar na organização das cargas. Jean me disse que não estão dando conta, preciso saber se isso procede. De qualquer forma, se for verdade, é mais barato enviar alguém para ajudar do que pagar as multas emitidas pela fiscalização.

– Isso é bem verdade – concordou André.

– Pensei que podia ser você, Theo – disse Roberto, tentando aparentar naturalidade.

Theo pensou ter perdido uma parte da conversa. Roberto não podia estar falando sério. A ideia dele chegou como uma explosão, deixando-o surdo, cego e mudo por alguns intermináveis segundos. A única coisa que conseguia visualizar naquele momento era Léa e suas palavras alertando que aquilo podia acontecer, ficou atônito. Seus sentidos foram voltando pouco a pouco e após se restabelecer conseguiu liberar um som de sua boca.

– Eu?

– Sim – respondeu Roberto.

Theo permaneceu calado, sua mente estava vazia, lembrou de ter dito que tinha disponibilidade para viajar, como ia agora dizer o contrário? Roberto rompeu o silêncio.

– Sei que a notícia deve ter te assustado, mas, quando conversamos, você me disse ter disponibilidade para viagens e esse foi um dos requisitos que mais pontuou em sua contratação. Não estou forçando você a nada, quero que se sinta livre para voltar atrás no que disse, mas devo jogar limpo com você, preciso de alguém que faça isso por mim.

Roberto deixou claro naquelas palavras que Theo teria duas opções: ir ou deixar a empresa. Afinal ele precisava de um funcionário que atendesse às suas expectativas. Ao recusar a oferta, Theo deixaria de ser esse funcionário e se tornaria desnecessário para Roberto. Ele só não sabia que tudo aquilo estava armado antes mesmo de ele ser contratado.

– Desculpa pela minha reação, estou profundamente surpreso com tudo isso. Sim, eu disse que tinha disponibilidade para viagens, mas jamais pensei que pudesse ser para um lugar tão longe.

– Entendo seu espanto. Muitas mudanças em tão pouco tempo, não é mesmo? Pense durante esse final de semana, segunda-feira voltamos a conversar e você me diz o que decidiu.

– Sim, obrigado por entender.

– Espero que tenha discernimento para analisar a situação, muita gente não perderia uma oportunidade igual a essa.

Theodor foi para casa transtornado com o que acabara de ouvir, tentava organizar seus pensamentos desordenados pela notícia que, apesar de ter alguma lógica, não fazia o menor sentido para ele. Lembrou que não tinha perguntado quanto tempo teria que ficar fora, ficou tão perplexo que não perguntou nada, agora um milhão de dúvidas rondavam seus pensamentos. Será que essa era a ideia de Roberto desde o princípio? E se fosse para substituir algum funcionário? Teria que se mudar para lá de vez? Viu seu plano de concluir o curso de Direito desmoronar por um instante. E Léa, como ficaria sem ela? Estava tão feliz com ela como nunca tinha sido antes. Estava profundamente confuso.

Precisava falar com alguém antes de conversar com Léa. Ligou para Samuel e marcaram um encontro em um bar localizado no Largo da Ordem, centro da cidade.

Sentaram-se em uma mesa ao ar livre e pediram dois chopes, Samuel estava preocupado com Theo, pois ele não adiantou o motivo da conversa, só disse que precisava conversar com alguém e que era sério.

Theo contou toda a história para Samuel, desde o momento em que o pai de Léa o informou sobre a vaga de emprego na importadora até o presente momento. Omitiu apenas a parte em que Léa e ele se desentenderam porque ele tinha dito que tinha disponibilidade para viajar. Samuel reagiu de forma positiva, achou que a oportunidade era excelente.

– Caramba! Isso é muito bacana! Notícia maravilhosa! Parabéns, cara!

Samuel não parava de expressar seu contentamento, aos poucos foi percebendo o semblante desconsolado de Theo.

– Qual o problema, meu amigo? Você não parece feliz...

– Preciso terminar minha faculdade, Samuel, é meu sonho!

Theo contou para Samuel sobre como estava decidido a terminar o curso e como aquela viagem poderia atrapalhar seus planos. Confessou que o pior era pensar em ficar longe de Léa. Samuel tentou encorajá-lo dizendo que ela entenderia e que isso não era o fim, era apenas uma fase que teriam que passar juntos e que no final daria tudo certo. Samuel mostrou que tudo na vida tinha dois lados e que nenhum era errado.

– Entendo sua dúvida e reconheço o esforço que está fazendo para ter em mãos um diploma de nível superior. Só quem vem de origem humilde sabe como é trabalhosa e árdua a batalha por essa conquista, você é um exemplo para muitos. Reconheço também que a oportunidade de ir trabalhar fora e conhecer um novo mundo é fantástica, por isso te coloca contra a parede, tira o controle e te deixa em uma situação embaraçada. A mim cabe dizer que essa é uma escolha somente sua, pois as consequências serão sofridas por você primeiramente e, qualquer que seja sua escolha, será a correta.

– Não ajudou nada!

– Ok, então te digo para ir, melhor assim?

– E quanto à Léa?

– Quanto tempo vai ficar longe?

– Não sei, esqueci de perguntar.

– Então por que está sofrendo tanto rapaz?

– Algo me diz que é por muito tempo.

– Amar também é decisão, se Léa decidiu aceitar o amor que sente por você, ele resistirá ao tempo e à distância.

Theo não disse nada, colocou a caneca na boca e bebeu o resto de chope que tinha dentro dela, pediu para o garçom mais dois chopes e foram os dois para o banheiro enquanto o chope não chegava. No banheiro, quando Theo terminou de fazer xixi, Samuel já estava tentando lavar a mão. Theo viu aquela cena e começou a rir. Samuel estava ficando irritado porque as pessoas voltavam do mictório, lavavam suas mãos tranquilamente e saiam, enquanto ele não conseguia fazer sair água da bendita torneira que era acionada por sensor. Ele posicionou as mãos exatamente como todos, mas a torneira não funcionava, mudava de torneira pensando que o problema era a torneira, mas não adiantava, a água não saia do cano para ele lavar suas mãos. Quanto mais ele se irritava mais Theo ria, até que Theo cansou de vê-lo sofrer com aquilo e explicou como fazer para a torneira liberar água.

– Ela é racista, Samuel – disse Theo rindo.

– Como assim, até os objetos são racistas neste país?

– Infelizmente, sim! Você precisa colocar a palma da mão e não as costas dela na frente do sensor para poder acionar a torneira. A pele negra das costas da mão de afrodescendentes não consegue acionar o sensor, por isso deve pôr a palma da mão, que é mais clara, aí vai funcionar. Os sensores ópticos menos sofisticados não reconhecem tons escuros. E tem mais, experimente usar um *smartwatch*, aquelas pulseiras monitoradoras de batimentos cardíacos para você ver, simplesmente não funcionam em pessoas de pele negra!

Samuel ficou indignado, mas seguiu a recomendação de Theo e a água foi liberada. Os dois lavaram as mãos e saíram.

– Não é possível! Não acredito que isso aconteceu. Vou processar essa torneira por racismo, aproveito e já processo a pulseira também.

– Na verdade, a torneira e a pulseira não têm culpa. A culpa é do sistema, sempre do sistema.

Os dois amigos sentaram-se novamente e tomaram os chopes trazidos pelo garçom. Theo agradeceu a companhia de Samuel e disse que foi bom tomar um chope e conversar com ele. Theo brincou que não sabia na verdade se foi o chope ou a conversa que o deixou mais leve. Dali foi direto para casa de Léa.

A namorada de Theo foi ao seu encontro na frente da casa. Sorridente, ela reclamou da falta de tempo do rapaz.

– Até que enfim teve um tempinho para sua solitária namorada, está se tornando um homem muito ocupado.

– Não brinca, essa semana não foi fácil, mas estou vivo, *pero no mucho.*

Beijaram-se lentamente para sentir a presença tão desejada um do outro. Léa sentiu o gosto de chope na boca de Theo e perguntou onde ele estava bebendo. Ele respondeu que estava com Samuel e logo em seguida disse que precisava falar sério com ela. Entraram e foram para o quarto de Léa para poder conversar mais tranquilos. Theo contou para Léa a proposta de Roberto, e ela reagiu tal como Theo esperava. Ficou inconformada.

– China! Óbvio que isso é um absurdo, não faz o menor sentido enviarem alguém que acabou de ser contratado para a C H I N A! – enfatizou.

– Também acho, mas Roberto me pareceu bem decidido.

– Vamos falar com meu pai, ele é sócio da importadora, com certeza não vai concordar com uma loucura dessa, isso é negligência, você não está preparado.

Léa percebeu que estava julgando Theo por acreditar que ele não tinha as competências necessárias para assumir uma responsabilidade tão grande quanto essa e tentou se explicar melhor.

– Não estou dizendo que não é capaz, Theo, entenda, apenas acho que não teve tempo de se capacitar.

– Não é o que o Roberto acha.

– Me desculpa, sei que você consegue se superar, mas estou preocupada com você.

– Eu entendo, também estou preocupado com essa situação, estou muito confuso.

Léa se sentou na cama e começou a chorar, lembrou de quando disse para Theo que ele estava sendo imediatista ao aceitar aquele emprego, que não precisava aceitar se não fosse bom para ele. Alertou sobre a possibilidade de isso acontecer. Léa lembrou também de como ele ficou zangado por ela ter dito aquelas palavras, estava com vontade de jogar tudo aquilo novamente na cara dele, mas estava tentando se controlar para não o fazer. Estava tentando encontrar as palavras certas para não se arrepender depois, mas, acima de tudo, estava tentando se colocar no lugar dele a fim de tentar sentir o que ele estava sentindo naquela hora para poder ajudar. O medo de ficar longe de Theo estava dificultando seu raciocínio, estava impedindo de olhar claramente para a situação. Voltou a sugerir a intervenção do pai.

– Vou falar com meu pai, não tem outro jeito.

– Não! Seu pai não tem nada a ver com isso. Ele me ajudou a conseguir o emprego, mas agora é por minha conta. Espero não precisar explicar para você como eu me sentiria levando essa situação até seu pai! Como poderei olhar para o rosto do Roberto depois?

Léa consentiu com a cabeça e continuou chorando. Theo sentou-se ao seu lado, deu-lhe um abraço forte, encostou seus lábios na testa dela e ficou assim por alguns minutos. Quando as lágrimas de Léa cessaram, ela conseguiu se acalmar, então perguntou para Theo se ele tinha uma decisão a respeito da proposta. Theo disse que não sabia o que fazer, que estava em um impasse terrível. Explicou para Léa que, com o susto da notícia, acabou esquecendo de perguntar sobre detalhes importantes da viagem. Por fim, contou que Roberto disse que ele podia ficar à vontade para não aceitar a proposta, mas deixou claro que ele precisava de alguém que fizesse aquele trabalho para a empresa.

– Do jeito que ele falou, estou desconfiado de que ele me contratou com o intuito de me enviar para lá, talvez ele já tivesse isso em mente e não revelou logo no início para não me assustar. Esperou eu me encantar pela importadora para ficar mais difícil de recusar a proposta.

– Pode ser.

– Roberto me deu até segunda-feira para dar uma resposta. Vou pensar sobre o assunto no final de semana.

– Já? Essa história está muito esquisita.

Theo deu de ombros como quem diz “sim, mas e daí, o que eu faço com essa informação?”.

– Bem, você tem uma decisão difícil para tomar e eu estarei presente quando isso acontecer. Só te peço o favor de não pedir minha opinião, meu egoísmo poderá interferir nela, não sei se consigo ser imparcial com relação a emitir qualquer opinião se a consequência é ter você longe de mim. De qualquer forma, eu te apoiarei.

Léa enxugou o rosto molhado pelas lágrimas que escorriam de seus olhos, levantou-se e deu um sorriso para Theo, puxou-o pela mão, deu-lhe um abraço apertado e beijou-o lentamente mais uma vez.

– Vai dar tudo certo, qualquer que seja sua escolha.

Após a conversa, o casal desceu as escadas e foi até a cozinha. Léa e Theo prepararam um lanche e durante a refeição eles se distraíram e conversaram sobre coisas aleatórias e tentaram agir como se estivesse tudo bem. Theo foi embora cedo alegando estar muito cansado, combinaram de passar o final de semana juntos. Theo prometeu que logo de manhã estaria na casa dela.

Na manhã seguinte, Theo estava na casa de Léa, o casal de namorados resolveu passar o dia em casa sozinho para aproveitar a companhia um do outro. Elisa ficou superfeliz em ter Léa por perto naquele sábado de sol. O dia estava bom para aproveitar a piscina que quase nunca era usada. Foram para a piscina assim que Theo chegou, aproveitaram o sol da manhã e perto do meio-dia Theo propôs usar a churrasqueira do lado da piscina. Nesse momento, Elisa estava com eles e elas aceitaram de imediato a ideia. Theo preparou tudo, inclusive o molho de maionese para fazer a salada. Elisa e Léa ficaram auxiliando em uma coisa ou outra. Elisa elogiou a salada de maionese de Theo.

– Muito boa sua maionese, Theo, a mulher que se casar com você será uma privilegiada.

– Concordo, em partes. Tem coisas mais importantes num casamento do que saber fazer uma boa maionese – disse Léa.

– Saber fazer uma torta alemã, por exemplo – completou Theo.

– Não estou falando de comida. Uma boa conversa, por exemplo – disse Léa.

– Pois é, você sempre dizia que ia se casar com alguém que soubesse conversar e... – Elisa disse isso displicentemente, e foi até o freezer pegar mais uma cerveja.

Léa não ouviu o "e" dito no final da frase por Elisa, mas Theo tinha certeza de ter ouvido, sentiu que aquele "e" com reticência era o final da frase. E se não fosse? Qual seria? Aquilo ficou ecoando em seu ouvido por algum tempo, "e... ...veja só com quem ela está se relacionando" ou "e... ... veja só no que deu".

Ela não o conhecia direito, não podia julgar que ele não soubesse conversar, pensou. Algum tempo depois, ao ver o comportamento receptivo da mãe de Léa, preferiu supor que estava imaginando coisas e esqueceu daquela "bobagem".

Elisa perguntou para Theo como estava indo no novo trabalho. Antes de responder, Theo e Léa se entreolharam. Elisa percebeu que havia algo estranho e o mais óbvio veio à mente dela: demissão. Imaginou que Theo não tinha se adaptado no novo trabalho.

– Foi demitido, eu falei para seu pai que isso não ia dar certo! – comentou Elisa.

– Não, mãe, não foi isso o que aconteceu, muito pelo contrário, Theo está se adaptando muito bem com as atividades da importadora.

– Que susto! Que bom que está se saindo bem, Theo, fico muito feliz por você.

– Obrigado, Elisa – agradeceu.

– O problema é que o Roberto quer que Theo vá para China.

Assim como Léa, Elisa também ficou chocada com a notícia, não fazia o menor sentido. Lembrou que pediu para Raul ajudar Theo a conseguir algum emprego que fosse mais rentável para ter condições financeiras de terminar a faculdade e descobriu que Raul já tinha isso em mente, inclusive já tinha em mente onde ele ia trabalhar. Elisa lembrou de ter questionado a opção de Raul, mas entendeu no final. Agora, ser enviado para a China antes de completar um mês de trabalho? Elisa não engoliu essa história, saiu imediatamente e foi fazer uma ligação para seu marido.

Léa e Theo observaram Elisa sair sem dizer nada e não entenderam o motivo daquela reação. Theo aproveitou que estava sozinho com Léa para revelar sua decisão. Sentou-se na mesa em frente a ela.

– Eu decidi ir, Léa. Pensei muito ontem à noite, estava decidido a desistir do emprego, então me deparei com a situação de estar novamente desempregado. Antes ao menos eu tinha o emprego no hotel, e agora? Certamente Roberto não vai ficar comigo após eu recusar essa incumbência. Eu tenho as minhas contas, aluguel e tudo mais, não posso ficar desempregado, Léa. Sinto muito!

– Eu sabia que você ia tomar essa decisão, Theo, é a mais coerente no momento. Você precisa seguir a sua vida e fazer o que for preciso para realizar seu sonho.

– Você vai me esperar? – perguntou Theo.

– Sempre, como uma estalagmite, para depois nunca mais te soltar.

– Te amo.

– Eu também.

Theo levantou-se da mesa e foi até Léa, que também se levantou, e seus corpos juntaram-se num longo abraço. Theo convidou Léa para jantar com ele naquela noite, disse que seria um jantar de despedida e aproveitaria para pagar a promessa que tinha feito a respeito de quando recebesse o primeiro salário.

Enquanto isso, na sala de estar, estava Elisa tentando falar com seu marido. Raul estava em uma reunião no hospital e não atendeu seu telefonema.

Quando chegou em casa, no final da tarde, Elisa o estava esperando em seu quarto. Da janela, viu quando Raul chegou, então desceu para encontrar com ele. Ela estava o aguardando para que ele esclarecesse a ideia de Roberto enviar Theo para fora do país. Estava ansiosa para saber se Raul estava ciente e, caso estivesse, esperava uma boa explicação.

– Sim – respondeu Raul. – Roberto gostou bastante do trabalho de Theodor, parece que ele aprende rápido. Ele estava precisando de alguém para enviar para lá, resolveu apostar em Theo para essa missão.

– Faz uma semana que ele entrou na empresa, isso é impossível. Você tem alguma coisa a ver com isso Raul?

– De certa forma, sim, fui eu que indiquei ele para a vaga, mas o mérito foi dele.

Raul disse isso ao mesmo tempo em que colocava whisky em seu copo. Elisa não ficou satisfeita com a resposta, desconfiava que Raul estava tramando algo. Theo não foi a primeira pessoa que Raul ajudou com uma indicação de emprego, mas desta vez era diferente. Elisa percebeu algo muito estranho quando se tratava da maneira com que Raul se referia ao namorado da filha, como se ele não existisse. Não comentava com ela a respeito dos dois, parecia não ter nenhum tipo de preocupação, parecia estar alheio à situação. A verdade era que Raul não queria levantar suspeitas com relação àquilo que estava sentindo, não queria que a esposa e a filha desconfiassem do motivo da desaprovação do namoro dos dois jovens. Theo era um rapaz inteligente e agradável, com atributos suficientes para agradar qualquer sogro, menos Raul. Para ele, o requisito maior Theo não tinha: uma pele igual à sua. Raul estava tentando impedir a união de sua filha com Theo antes que o namoro ficasse mais sério. Para isso, afastar o casal da forma com que estava fazendo seria a melhor solução, traria benefícios para todos. Léa encontraria alguém que fosse de acordo com o que Raul acreditava ser bom e Theo teria a oportunidade de ter um futuro melhor do que estava tendo até então. Por isso não sentia nenhum tipo de sentimento que afetasse sua consciência de forma negativa por estar manipulando a história dos jovens apaixonados.

Elisa sabia que, apesar de toda a hombridade de seu marido, ele não era perfeito, assim como todos os seres humanos que ela conhecia. Era difícil alguém apontar defeito em Raul, mas Elisa convivia com ele há mais de 20 anos e, mesmo ele escondendo bem seus defeitos para a maioria da sociedade, ela conhecia alguns que não eram politicamente corretos. Léa não, nem desconfiava que, dentre os defeitos que um homem pudesse ter, seu pai tivesse algum, parecia imune a todos, por isso ela não imaginava que haveria algum candidato a futuro genro que seu pai pudesse desaprovar por motivos relacionados a classe social, cultural, racial ou qualquer coisa do gênero. Mesmo assim ela o testou quando foi comunicar que pretendia convidar Theo para jantar na casa deles. Aproveitou a notícia que estava em alta na semana sobre o casal da realeza britânica formado por etnias diferentes para sondar seu pai e descobrir o que ele pensava a respeito daquilo. Raul entendeu rapidamente do que se tratava e não deixou a máscara cair. Léa não esperava outra atitude de seu pai, sempre sensato e com valores e princípios inquestionáveis.

Antes de sair para o jantar, Léa foi falar com sua mãe para perguntar sobre o comentário que ela fez no almoço. Léa ficou intrigada quando sua mãe disse que sabia que Theo não daria certo na importadora, quis saber por que sua mãe achava aquilo e por qual razão saiu sem se despedir logo depois que ela mencionou a proposta de Roberto. Elisa respondeu de acordo com o que imaginava, disse que Theo podia não estar preparado para tal incumbência, saiu rapidamente, sem se despedir para tentar falar com Raul para saber se Raul estava ciente e se concordava com a ideia. Léa ficou sabendo naquele momento, por sua mãe, que Raul estava ciente e parecia não se importar com a decisão de Roberto.

14

Como não foi possível esperar o primeiro salário, Theo decidiu adiantar a promessa de levar Léa em um restaurante bacana. Pesquisou na internet um restaurante interessante para se despedirem, não estava procurando um restaurante refinado, mas sim algum que tivesse a ver com eles. Um ambiente que proporcionasse um momento agradável e não algum lugar em que ficaria intimidado. Não queria que ninguém percebesse caso lançasse um pedaço de carne na mesa do lado na hora de cortá-la para comer. O período em que trabalhou no Bobotie foi curto, mas foi suficiente para perceber que os clientes podem às vezes ser bastante desagradáveis. Depois de muito pesquisar, encontrou um bistrô e tinha certeza de que Léa gostaria dele. E não cobrava rolha, o que diminuiria consideravelmente o valor da conta.

Theo foi para casa no final da tarde tomar um banho e se arrumar para o jantar. Antes de passar na casa de Léa para pegá-la, passou em uma Enoteca comprar um espumante para celebrar a despedida.

Ainda era cedo quando chegaram ao restaurante. O casal passou pela porta de entrada e imediatamente Léa arregalou os olhos e deixou a boca abrir com a caída do seu queixo. A luz era bem fraca dando o aconchego necessário para o local, mas era forte suficiente para poder enxergar as inúmeras sombrinhas com as mais variadas cores e estampas penduradas acima de suas cabeças. Não era possível ver o teto pois estava tomado pelas sombrinhas, que serviam como um rebaixamento. Léa teve a sensação de estar dentro de um quadro colorido e criativo. No meio do restaurante havia uma escadaria larga que se afunilava no meio. Os dois lados na parte inferior dos corrimãos eram iluminados por algo que parecia luz de led. Na parte de cima, também havia sombrinhas, mas em menor quantidade. Theo disse ao recepcionista que se tratava de uma despedida, pediu para ele indicar um lugar para que eles tivessem uma noite agradável e ele indicou a mesa que o chef e dono mais gostava, tinha vista para o pequeno jardim na frente do restaurante.

Léa sentia-se feliz, embora seu coração estivesse apertado. Quando lembrava que Theo estava indo para longe dela, entristecia. Uma angústia repentina lhe arrebatava e tirava o sorriso de seu rosto. Theo tentou consolá-la, mas também estava se sentindo igualmente estranho. Resolveram provisoriamente aquela confusão de sentimentos após o garçom abrir o espumante que Theo trouxe e tomarem a primeira taça. Esqueceram que estavam se despedindo e tudo ficou melhor, a mágica do amor e do álcool do espumante aconteceu. Aproveitaram cada momento do jantar divertindo-se com as palhaçadas que Theo fazia fingindo ser um empresário rico e exigente ou fingindo ser ainda mais roceiro do que já era. Léa surpreendeu-se com o espumante que ele trouxera, era de excelente qualidade, disse não saber que ele tinha conhecimento sobre bebidas fermentadas. Depois de inventar uma mentira sobre ter trabalhado de *sommelier* em um restaurante na França, confessou ter ligado para Rose, empregada da casa de Elisa para pedir ajuda, então ela indicou aquele, com excelente custo-benefício.

No domingo de manhã Denise e Samuel fizeram uma ligação para Léa e Theo para convidá-los para irem à feirinha do Largo da Ordem. O casal disse que preferia ficar em casa para aproveitar o pouco tempo que restava para ficarem juntos, mas logo Theo mudou de ideia após pensar em Denise e perceber que desejava se despedir dela também.

O casal entrou na rua onde fica a feira pelos fundos do estacionamento onde deixaram o carro. Theo confessou para Léa que nunca esteve na feirinha antes, que só havia estado naquele lugar em dias diferentes, quando não havia feira. Léa brincou dizendo que então era por isso que ele aceitou ir, sua intenção era conhecer a famosa feirinha, não se despedir de Denise, o que ele negou. Encontraram Denise e Samuel em frente a uma barraca de botas. Samuel estava comprando uma bota de um fabricante curitibano para fazer trilha. De lá foram procurar uma barraca para comer alguma coisa e conversar sobre a partida de Theo.

O quarteto escolheu uma barraca que tinha uma mesa de plástico com quatro cadeiras disponíveis. Theo e Samuel foram até outra barraca pegar chope enquanto Léa desabafava com Denise.

– Realmente não sei se é a melhor opção, Denise, mas eu não posso impedi-lo. Ele precisa seguir sua vida da maneira que achar melhor.

– Claro, mas morar fora do país é uma ideia que nunca agradou a Theo. Me lembro quando Luana, sua prima, tentou convencê-lo a ir embora com ela para os Estados Unidos. Ele relutou bastante, só aceitou porque imaginou que seria uma boa oportunidade de conseguir dinheiro para pagar uma faculdade, mas como seu visto foi negado, ele não foi.

– Agora eu entendo, é a maneira que ele achou para conseguir dinheiro para terminar o curso.

As amigas pararam de falar com a aproximação dos rapazes, eles sentaram-se e elas perguntaram qual o motivo da risada. Theo estava dando gargalhadas enquanto Samuel, apesar de tentar segurar o sorriso, estava um pouco envergonhado.

– Denise, é melhor você não deixar seu namorado sozinho por aí, pode correr o risco de ele ser agarrado por alguma admiradora – Theo respondeu.

– Como assim? Estão de olho no meu namorado?

– Para com isso, Theo, ela tem idade para ser minha vó, nada contra, mas eu prefiro alguém da minha idade – disse Samuel.

Eles contaram o que acabaram de presenciar na barraca de chope. A dona do carrinho de chope, uma senhora (bem atirada, por sinal) ficou de olho em Samuel. Quando ela foi entregar o chope para ele, aproveitou a ocasião para se insinuar, disse em voz alta para todos ali ouvirem "esse eu não dava a alforria nunca". Samuel ficou sem reação. Theo tentou resistir ao máximo para não rir e aguardou até saírem dali para comentar alguma coisa. Uma moça de pele retinta que estava ao lado, esperando para ser atendida, explicou para a senhora que o que ela disse não foi legal pois contribui para o fortalecimento dos paradigmas sobre preconceitos raciais presentes na sociedade. Disse ainda que fazer suposição de alguém em uma situação de cárcere privado por causa da cor da sua pele poderia caracterizar racismo. A senhora retrucou a moça se defendendo da acusação de racismo. Disse que se fosse racista não iria flertar com o rapaz e terminou dizendo que o mundo estava muito chato, que não se podia falar mais nada, que fazer qualquer comentário a respeito de algo devia ser feito como se estivesse pisando em ovos, que não se podia fazer nenhuma piadinha boba – "agora tudo é *bullying*". Enquanto a senhora falava, Samuel tentava passar seu cartão para fazer o pagamento do chope, por isso os dois amigos presenciaram a conversa toda. A moça que alertou a senhora sobre não usar tais termos desistiu de comprar o chope. Foi embora antes de a dona da barraca terminar de falar ao perceber que continuar aquela discussão seria jogar pérolas aos porcos. Quando os rapazes viraram as costas, ainda ouviram a senhora dizer que o próximo chope era por conta da casa.

Léa achou um absurdo o comentário da senhora. Achar que podia ter controle da liberdade de alguém só porque esse alguém é negro. Sobre o *bullying*, Léa ficou mais irritada ainda e externou sua indignação.

– Sabe o que eu não entendo? Quem são essas pessoas e suas opiniões? Qual é a cor ou raça dessas pessoas? Quantos quilos elas pesam? Quais são suas orientações sexuais? Então eu te desafio: experimente perguntar para um negro, um homossexual ou um obeso se eles acham a mesma coisa, se eles gostam das piadinhas bobas e sem maldade que ouviram a vida toda? Para que a vida de algumas pessoas se torne menos chata ou mais divertida, devemos impor que pessoas devam aceitar ser zombadas e ridicularizadas, é isso? Que vida mais desgraçada a dessas pessoas que dependem disso para serem felizes.

– Pior que ela acha que não é racista só porque está flertando com um negro. O que ela pensa sobre o que é ser racista? – comentou Denise.

– Pior que esta é a realidade, muitas pessoas dizem não ser racista porque tem a mim como amigo. Acham que, por eu ser negro, estar perto de mim é como obter um certificado como aqueles que a ISO distribui, conhecem? Sobre meio-ambiente, boas práticas de fabricação etc. – disse Samuel.

– Imaginem só. O Samuel distribuindo certificado de ISO com selo antirracista – brincou Denise.

Todos riram da piada da Denise, depois Samuel relatou sobre a patroa de sua mãe comentando uma vez que não era racista. Disse lembrar de ouvir ela dizer "eu amo essa nega", e amava mesmo. Lembrava que o amor da patroa era tão grande que fez um banheiro exclusivo para ela na sua casa gigante. E a recíproca era verdadeira, sua mãe fazia elogios à sua patroa para as suas amigas como se estivesse se gabando, contava do banheiro exclusivo com orgulho. Só quando Samuel cresceu e entendeu o abismo social que existia entre sua mãe e a patroa dela é que ele construiu outro significado para aquele banheiro de que sua mãe tanto se gabava.

Conversaram mais um pouco e depois se despediram. Léa e Theo tinham prometido que voltariam para o almoço com os pais de Léa. Denise despediu-se de Theo com um forte e longo abraço, desejou muita sorte e disse que faria o possível para ir até o aeroporto despedir-se dele mais uma vez.

O almoço daquele dia foi bastante silencioso. Theo pensou em comentar com Raul sobre os acontecimentos na importadora, achou que de certa forma devia satisfação, já que foi por intermédio dele que estava contratado, mas não teve coragem. Léa contou para ele na volta da feirinha, enquanto iam para a casa dela almoçar, que seu pai estava sabendo que ele iria ser transferido. Por isso aguardou que o pai se manifestasse a respeito, mas isso não aconteceu.

Léa e Theo ficaram intrigados pelo fato de Raul não ter tocado no assunto da viagem durante o almoço, quando Léa tentou duas vezes falar sobre aquela situação com seu pai. Theo, ao perceber que ela ia abordar o assunto e com medo de que ele interviesse, sinalizou para que não o fizesse. E Raul, tácito como nunca Léa havia visto, agiu como se nada de anormal estivesse acontecendo.

Na manhã de segunda-feira, Theo foi conversar com Roberto para tirar suas dúvidas a respeito do trabalho na China. Ele já tinha tomado sua decisão, mas ainda restava alguma esperança de que Roberto lhe informasse de algo absurdo que o fizesse mudar de ideia. Queria saber principalmente quanto tempo teria que ficar lá. Embora já imaginasse que não seria pouco tempo, quis ter certeza de que não seria muito, ou que pelo menos negociassem uma forma de vir para o Brasil de vez em quando. Roberto lhe revelou que não tinha como afirmar nada com relação ao tempo de estadia fora do país, mas prometeu que após seis meses fora Theo voltaria para o Brasil fazer uma visita para os seus familiares. Theo achou que era tempo demais longe de Léa, mas era o tempo que julgou necessário para guardar dinheiro suficiente a fim de completar o valor das mensalidades restantes, se somasse ao salário de um emprego que lhe rendesse igual ao que ele ganhava no hotel. Theo continuou com a ideia de ir. Assim que Roberto foi informado por Theo de que tinha aceitado ir trabalhar com a equipe da China, pediu para sua secretária providenciar as passagens e tudo mais que fosse preciso. O passaporte de Theo estava previsto para o final daquela semana, o pedido foi feito logo no seu primeiro dia de trabalho. Roberto sabia que ia precisar, então pediu para que Theo fizesse o pedido para adiantar o processo. Theo questionou a necessidade do requerimento do passaporte, Roberto respondeu que era um procedimento de praxe por se tratar de uma importadora e que poderia ser útil a qualquer momento. No final da tarde, as passagens já estavam compradas e Roberto informou Theo de que ele partiria na próxima terça, oito dias a partir daquela segunda-feira.

Theo conseguiu se organizar para visitar seus pais no final de semana seguinte, despedir-se e informá-los direito sobre tudo o que estava acontecendo com ele. Seus pais já sabiam que ele estava trabalhando em outro emprego, mas Theo não havia dado muitos detalhes nas vezes que conversou com eles por telefone ou vídeo chamada.

Depois de mais uma semana cheia de trabalho e aprendizado, mais exaustiva do que a anterior, Theo e Léa estavam na casa de Dona Lena e Seu Antônio. Ainda na mesa, após terminarem o almoço, Theo explicou para seus pais sobre sua viagem. Seu Antônio reagiu muitíssimo bem à notícia, desejou força ao filho e parabenizou-o pelo progresso no novo emprego. Não foi assim com Dona Lena, que não abriu um sorriso igual ao do pai de

Theo. Bem que tentou, mas não conseguiu, ficou preocupada com a ideia de o filho ir para tão longe, questionou sobre ficar muito tempo sem vê-lo, tentou inclusive usar Léa como subterfúgio para ele repensar sobre o assunto. Disse que sua namorada não podia ficar muito tempo sozinha, que isso podia não fazer bem para o relacionamento dos dois, alegou que ela há muito tempo não via ele tão feliz e sabia que era por causa de Léa, então ele deveria realmente pensar se era a melhor coisa a fazer. Seu Antônio, assim que foi possível, conversou em particular com sua mulher, disse que ela estava dificultando as coisas para o filho, que, conhecendo Theo como ele conhecia, sabia que não estava sendo fácil aquela situação e que precisavam apoiar a decisão do filho.

O irmão de Theo, que também estava na mesa, ficou feliz com a notícia, mas não opinou muito sobre o assunto propriamente dito. Tratou de fazer uma lista de encomendas e entregar para Theo, que arregalou os olhos ao ver a lista. Disse que ia precisar de um container inteiro só para a lista do Thiago, guardou a lista no bolso e disse que ia fazer o possível.

Léa convidou Theo para ir ao lago onde eles tinham ido da outra vez que estiveram ali. O dia estava ensolarado e bem claro, ela queria rever o balanço e se refrescar no lago. Desta vez Theo pegou uma cesta e colocou nela algumas bolachas, pedaços de bolo e de pão feitos por Dona Lena, frutas e uma garrafa térmica cheia de água gelada para tomar com erva mate, pretendia fazer um piquenique. Thiago acompanhou o casal, disse que tinha uma surpresa esperando por eles lá. Léa olhou para Theo desconfiada e ele deu de ombros insinuando que não sabia de nada.

Ao se aproximarem do flamboyant, Léa acelerou o passo e foi correndo ao encontro do balanço. Chegou antes de todos, sentou-se no balanço e se impulsionou. Antes mesmo que eles chegassem, ela avistou na beira do lago a surpresa sobre a qual Thiago havia falado.

– Um bote! Oba! – alarmou Léa.

Léa parou de balançar na mesma hora e foi em direção ao bote, Theo fez o mesmo, entrou no bote sem hesitar, seu rosto estampou o quão surpreso ficou. Olhou para Thiago com alegria.

– Foi você quem fez? – perguntou Theo.

– Sim.

– Está perfeito!

– Você acha mesmo?

– Claro, está lindo, foi você que pintou também?

– A Jéssica me ajudou, mas ela cobrou caro para fazer os desenhos.

– Mas valeu a pena cada centavo, está lindo.

– Paguei com beijos – disse rindo.

– Não brinca! Não vai me dizer que você e a Jéssica ...

Thiago fez sinal de afirmação com a cabeça, respondendo à pergunta inacabada do irmão. Theo abraçou seu irmão que naquela hora estava com ele no bote, num gesto espontâneo e sincero, demonstrando que estava realmente feliz por ele. Theo voltou os olhos para o bote e ficou um pouco pensativo.

– Meu irmão cresceu – olhou novamente para Thiago – eu tinha prometido que faria um bote para você, desculpe-me por não ter cumprido a promessa!

– Não precisa pedir desculpas, você fez tantas outras coisas – após um breve silêncio, Thiago prosseguiu. – Vou sentir saudades.

Theo abraçou seu irmão mais uma vez, mas agora com um nó na garganta, prevendo a saudade que sentiria quando estivesse do outro lado do mundo. Léa, observando os dois no bote, sentiu uma lágrima escorrendo em seu rosto. Thiago deu um grito inesperado e se desvencilhou de seu irmão.

– "Prego"!

Abaixou-se e pegou o remo, foi para a ponta do bote e continuou dizendo.

– "Andiamo" que o gondoleiro já está na posição.

Theo deu a mão para Léa, que entrou no bote rapidamente. O casal sentou-se no assento que havia no meio do bote e Thiago começou a remar, tirou uma música do fundo do baú que nada tinha a ver com música de gondoleiro e cantarolou feito um doido. Theo, que conhecia a música, acompanhou o irmão, enquanto Léa apenas ria da palhaçada dos dois. Após algum tempo, Thiago percebeu que era hora de ir. Ele tinha marcado de se encontrar com Jéssica, tocou o bote até a beira do lago e desceu. Theo então pegou o remo e passou a conduzir o bote, levou-o até o meio do lago e lá ficaram. Theo preparou a cuia com o mate e a água gelada para beberem, estenderam a toalha no fundo do bote e colocaram a cesta aberta sobre ela. O momento era de paz, Theo bebia tererê enquanto Léa comia o bolo de dona Lena, depois trocaram. Estavam se sentindo inteiros ali, saboreando a presença um do outro. Nem mesmo a angústia e as incertezas provenientes da viagem de Theo atrapalharam aquele instante que era só dos dois, novamente sozinhos na natureza, do jeito que eles mais gostavam. Theo rompeu o silêncio harmonioso para prometer que eles voltariam lá.

– Nós voltaremos aqui Léa, muitas e muitas vezes!

Léa olhou profundamente nos olhos de Theo e teve certeza de que ele estava falando a verdade. Sentiu-se segura. Estava sentada ao seu lado no assento do bote, esticou a cabeça para que seus lábios alcançassem os dele e se beijaram como da primeira vez. Seus corpos foram se atraindo cada vez mais, foram se envolvendo naquele sentimento de desejo, à medida que o desejo aumentava, diminuía a lucidez, de repente não tinham mais controle, deixaram seus corpos caírem sobre a toalha no fundo do bote. Uma nuvem gigantesca e carregada que estava a caminho estacionou em cima deles sem que notassem. Os pingos grossos de chuva iam caindo sobre eles e resfriando a onda de calor formada pelo atrito de seus corpos, que naquela hora já eram um só. Já não sabiam quem eram e onde estavam. Sentiam o frescor da água da chuva escorrendo como bálsamo em suas peles quentes. Agora mais forte, a chuva aumentava na medida em que o amor crescia, como uma sinfonia. Quando o amor chegou ao seu ápice a tempestade comemorou com um raio e o barulho do trovão se fez ouvir, foi aí que o casal foi recuperando a consciência. Lá da beira do lago podia ser avistado somente um bote, vazio, e uma nuvem que acabara de regar o amor com sua divina água, indo embora, dando lugar aos muitos feixes de luz emanados diretamente em cima do bote pelo sol que, soberano, retomava seu lugar.

15

O Aeroporto Internacional Afonso Pena recebia Theodor pela primeira vez, já sua namorada estivera ali diversas vezes. Ela o acompanhou até lá, pois queria ficar junto dele até o último minuto. Theo estava aparentemente apreensivo, isso deixou Léa compadecida, além de angustiada, pela partida de seu amor. Ela tentava se apegar ao fato de que, se estava experimentando tais sentimentos ruins, era porque havia também experimentado vários outros muito melhores, foi porque viveu algo incrível com alguém. Sua história agora tinha páginas preenchidas com amor, paixão, alegria e até aventura. Tudo proporcionado por uma pessoa simples e adorável, um ser espirituoso que ensinou a ela coisas que ela nunca teria aprendido se não o tivesse conhecido. Estava se apoiando nessa consciência para se manter firme e poder dar a Theo o apoio de que ele necessitava naquela hora.

Estava na hora de entrar no portão de embarque. Theo despachou as malas com a ajuda de Léa e foram para a área de embarque. Era hora da despedida. Theo segurou firme as duas mãos de Léa, queria dizer algo bonito que ela pudesse lembrar quando estivesse longe, mas naquele momento seus sentimentos estavam brigando entre si para ver quem se sobressaía, o que o impediu de identificar o que estava sentindo direito.

Respirou fundo e abriu seu coração para seu grande amor, era tudo que ela precisava ouvir, no entanto aquilo a deixou mais confusa do que já estava.

– Eu te amo, Léa. Quase desisti de tudo isso por sua causa, mas eu sei que você não concordaria com qualquer decisão minha que não fosse por mim mesmo. Acontece que, de certa forma, é por você também. Do meu jeito torto, vou alcançar meu objetivo para me tornar melhor para você. Quero me formar e ser motivo de orgulho, isso não é primordial na vida, mas é uma questão de honra. Eu preciso mostrar para mim mesmo que eu sou capaz, fortalecer meu ego, para então poder ser amparo e apoio na vida dos que me rodeiam. Ser homem, Léa, também requer luta e sacrifício. Também temos nossos conflitos, muito nos é cobrado e muitas vezes nos deixamos levar por essa cobrança. Mesmo assim quero que você saiba que não vou deixar que nenhum motivo imposto por uma sociedade machista e capitalista me afaste de você. Não colocarei em primeiro plano o dinheiro, muito menos o fato de eu ser homem e ter de suportar tudo a qualquer preço. Se eu desconfiar de que você está sofrendo mais do que o normal pela minha ausência, ou se eu mesmo estiver sofrendo por estar longe de você, não hesitarei em voltar no primeiro voo.

Léa abraçou Theo com toda sua força, e com toda sua força conseguiu não soltar uma lágrima sequer. Estava firme na ideia de colaborar para que a viagem do namorado fosse a mais tranquila possível. Theo não se conteve e chorou nos ombros de Léa enquanto a ouvia dizer que o amava e estaria esperando por ele.

Quando Theo sumiu da vista de Léa, ela desabou. Seus olhos derramavam lágrimas como se houvesse um rompimento de suas comportas. De todos os sentimentos, o que prevalecia naquele momento era o de abandono. Mas ela não podia culpá-lo. Em toda sua vida, nunca sentiu nada parecido. Estava em pé com a cabeça para baixo, as lágrimas pingavam rápidas em seus pés com o sacolejar de seus ombros devido ao soluço proveniente de tanto chorar. De repente, alguém a abraçou e colocou sua cabeça contra seu peito. Era Denise, que acabara de chegar, atrasada, para a despedida de seu amigo. Tentou acalmá-la, mas não conseguiu. Em meio aos soluços, com muita dificuldade, Léa conseguiu falar.

– Estou grávida!

Denise, sem saber o que dizer diante daquela notícia repentina, ficou ali, ao seu lado, aguardando Léa recompor-se. Quando isso aconteceu, Denise levou-a para um café ali mesmo no aeroporto. Lembrou-se naquela hora de algo que leu sobre suportar o espaço de alguém e resolveu naquele momento fazer aquilo. Ela não sabia o que dizer naquele momento, foi pega de surpresa, então achou mais prudente apoiar a amiga sem interferir no que estava acontecendo. Perguntou para si mesma se Theo sabia sobre Léa estar grávida, não queria se precipitar em seus julgamentos, tampouco desrespeitar a decisão de Léa caso ela não tivesse comunicado o namorado. Preferiu ouvir tudo o que ela tinha a dizer para entender o que estava acontecendo. Somente após ouvir o relato da amiga, conseguiu dizer algo, ainda assim tentou ampará-la sem interferir:

– Tudo isso está sendo muito novo para você, Léa. Você fez o teste de farmácia ontem à noite, é natural que esteja confusa, precisa digerir essa informação.

– Completamente confusa.

– Fique tranquila, estarei ao seu lado para o que você precisar.

16

A viagem para a China foi longa e cansativa, mas Theo aproveitou cada minuto. Era a primeira vez que ele viajava de avião. Passou muito tempo acordado tentando reconhecer cada pedacinho de terra que conseguia avistar, nunca tinha visto o mar de tão longa distância, parecia não ter fim.

Jean estava no aeroporto à espera de Theo. Eles já haviam se conhecido por uma rede social. Foram de carro até o apartamento de Jean, Theo foi descobrindo a cidade já no caminho. Ficou admirado com os prédios que encontrou, muitos deles bastante modernos. Mesmo tendo lido sobre a China moderna, ficou impressionado com o que viu. A cidade tinha nuances evidentes de uma cidade ainda em expansão, o novo e o velho se misturavam de forma interessante. Jean fez questão de passar pela zona financeira e comercial de Lujiazui, onde está localizada a mais nova torre de Xangai, a Shanghai Tower, com mais de 600 metros de altura. Sua arquitetura em espiral dá uma sensação futurista incrível, o prédio chega a girar 120 graus do chão até o ponto mais alto. A torre foi projetada para ser o marco de estratégias de design sustentável e completar um trio de torres que inclui o edifício Jin Mao Tower e o Shanghai World Financial Center. Theo ficou impressionado com as torres e, no mesmo instante, projetou estar ali assim que possível para conhecer e apreciar melhor o lugar. Todo o caminho até a casa de Jean impressionou o recém-chegado. Apesar de estar bastante cansado depois de aproximadamente 30 horas de viagem, ainda lhe restava um pouco de força para apreciar o novo diante de seus olhos.

Theo ficou hospedado no apartamento de Jean, que era alugado pela importadora. O apartamento tinha apenas dois quartos, um era de Jean e o outro, de Cristiano. Theo ficaria na sala até decidirem o que fazer. Jean sugeriu para Theo que dormisse em sua cama para descansar da viagem. Theo obedeceu e apagou por 7 horas. Quando acordou, já era noite. Jean e Cris decidiram levar Theo para conhecer a noite de Xangai, sabiam que o jovem ia ficar impressionado como todos que visitam Xangai à noite, e não foi diferente. Theo disse nunca ter visto tantas luzes na vida, chegava a encher o coração. Pensou em Léa, como queria comentar com ela sobre as luzes de Xangai. Léa iria adorar aquilo com certeza, não via a hora de falar com ela para contar o que estava experimentando.

No dia seguinte, Theo começou a acompanhar Jean e Cris no trabalho. Ele estava apavorado, mas os seus novos colegas de trabalho pareciam tranquilos e sem muita pressa de ensinar o novo funcionário, o que para Theo pareceu meio incoerente, já que no Brasil, estava tendo que aprender tudo para ontem. Quando questionou sobre isso, Cris lhe disse que entendia sua ansiedade, mas teria que ter calma pois ali na China ele teria muita dificuldade, começando pela comunicação. Como Theo teria que avançar um pouco mais na língua inglesa para poderem acelerar o processo de treinamento, Jean já tinha providenciado para Theo o curso de Inglês. Ele ia começar naquela semana mesmo, tudo pago pela importadora. No entanto, asseguraram para Theo que ele teria muita coisa para fazer, que poderia auxiliá-los em diversos afazeres, começando pela comunicação com a importadora no Brasil. Obviamente Jean e Cris também ficaram intrigados com o fato de Roberto enviar para a China alguém que não sabia falar inglês e tiraram as suas próprias conclusões sobre o fato. Pensaram tratar-se de algum parente ou amigo de Roberto que queria se aventurar na China, assim como muitos jovens em busca de novas experiências. Por isso, mais do que por qualquer outra coisa, os dois veteranos na China não estavam preocupados com a tarefa de preparar Theo para o trabalho. Pensavam que, se o aprendiz não atrapalhasse o andamento das coisas, já estariam na vantagem. Mas, assim como André, não demorou muito para Jean e Cris perceberem que Theo estava ali para ajudar de fato.

Sua força de vontade era tamanha que foi perceptível logo no primeiro mês do rapaz junto a eles.

A esperança de Cris em voltar para o Brasil voltou ao perceber que Theo era capaz de ficar ali em seu lugar. Há meses tentava negociar com Roberto sua volta e Roberto vinha postergando justamente por não ter ninguém para colocar em seu lugar. Foi também por isso que aceitou fazer o favor sem cabimento que seu sócio Raul havia lhe pedido. Ao menos, se não desse certo, não precisaria justificar para seu sócio as despesas de uma ideia esdrúxula. Caso contrário, se o improvável acontecesse e Theo fosse capaz de assumir a função, conseguiria resolver o problema da volta de Cris.

Um dia antes de Léa ir ao médico, ela e Theo se falaram por vídeo chamada. Léa estava decidida a contar para Theo sobre sua gravidez, mas desistiu quando percebeu que ele estava entusiasmado com a nova vida. Theo contou a ela várias coisas sobre sua estadia na China. Falou sobre as comidas estranhas que as pessoas comem por lá, sobre as pessoas comerem andando, parecendo estar sem tempo nem para parar e fazer uma refeição, disse que quase levou uma escarrada no pé quando estava andando na calçada. Theo fez uma cara de nojo no vídeo enquanto falava, contou que as pessoas lá faziam isso sempre, como se fosse normal. Theo contou como ficou admirado ao saber que pé de galinha era uma iguaria na China. Brincou que, se soubesse antes, teria pedido para sua mãe guardar os pés das galinhas que ela preparava nas refeições e levaria junto na bagagem, assim faria um bom dinheiro vendendo-os para um restaurante. Léa ouviu Theo contar essas coisas e muitas outras e percebeu que devia dar a ele um tempo para viver aquela experiência. Achou que não era justo interromper aquele momento tão importante de sua vida.

Dos vários obstetras que Léa conhecia, não agendou consulta com nenhum deles, preferiu a indicação de Denise, assim o médico não seria um conhecido de seu pai e não correria o risco de dar a notícia antes da hora.

Denise acompanhou Léa até o obstetra, ela era a única pessoa que sabia de sua gravidez. Enquanto aguardavam para serem chamadas, Léa dividiu com Denise a ideia de não dizer nada para Theo sobre sua gravidez antes de completar três meses. Achou que devia dar o tempo que ele precisava para que as coisas lá na China corressem bem, uma notícia daquela podia atrapalhar o bom andamento das coisas por lá. Denise estava ansiosa para saber o que Léa havia decidido com relação a isso, mas não quis perguntar para não a pressionar. Entendia que era uma decisão difícil e confiava no bom senso de Léa. Embora Denise julgasse ser melhor contar o quanto antes, achou a decisão de Léa razoavelmente sábia. Mesmo assim, não comentou sobre ser boa a decisão da amiga, da mesma forma que não comentaria se não fosse, estava ali para ser seu suporte e entendia que, a menos que Léa perguntasse, não deveria interferir em suas decisões.

Um coração tão pequenino e tão agitado, com o ritmo incrivelmente frenético, chegou a surpreender até a melhor aluna da turma de medicina de Denise. Léa se apaixonou por aquele pontinho cinza na tela do monitor, sentiu uma imensa vontade de ter Theo ao seu lado, sentiu culpa de privá-lo daquele momento especial. Quase se arrependeu de não ter contado a ele a bênção que tinham recebido. Será que ele a perdoaria por não ter revelado o fato? – pensou. Agradeceu Denise por estar ali com ela. Foram embora felizes por saber que estava tudo bem com o bebê. No caminho, foram conversando sobre possíveis nomes para o filho de Theo.

As próximas semanas de Léa não foram muito fáceis devido aos enjoos que sentia regularmente. Às vezes tinha que sair no meio da aula por estar passando mal, Denise sempre estava ao seu lado. Não demorou muito para Clara e Karen descobrirem a gravidez da amiga. Um dia, Denise ainda não havia entrado na sala de aula, tinha ido resolver um problema referente aos seus documentos na secretaria da faculdade, Léa passou mal no início da aula e saiu às pressas à procura de um lugar para jogar fora o café da manhã. Karen e Clara foram ao seu auxílio e encontraram-na no banheiro, de joelhos, em frente ao vaso sanitário.

– Léa, você está bem? – perguntou Karen.

– Sim, estou melhor, não se preocupem.

–Você está grávida, Léa? – perguntou Clara, sem rodeios.

Léa não respondeu de imediato, foi até a pia enxaguar a boca. Enquanto fazia bochecho, pensava no que responder para as amigas, pensou ser muito imaturo esconder delas uma verdade que mais cedo ou mais tarde iria aparecer, literalmente. Respondeu que sim e fez elas prometerem que guardariam segredo até ela revelar para Theo e para seus pais que estava grávida.

– Mas isso é uma notícia incrível – disse Clara.

– Como assim? Isso não é nada bom, Clara. Nós estamos no meio do curso de medicina, um bebê agora vai atrapalhar os planos de Léa – disse Karen e se virou para Léa com olhar de compaixão. – Você deve estar sofrendo horrores com isso, não é mesmo?

– Estou sofrendo com os enjoos, Karen, não estou pensando na faculdade agora.

– Mas precisa pensar. E precisa pensar em contar para seu namorado.

– Sim, Karen, vou contar, em um momento oportuno – disse Léa.

Prometeram para ela que guardariam segredo e voltaram para a sala de aula. No outro dia, Clara apareceu na faculdade com um embrulho gigante e entregou para Léa na praça de alimentação. Sequer passou pela cabeça de Léa que a amiga ia já no dia seguinte presentear seu bebê com um coelho enorme de pelúcia. Léa começou a abrir o embrulho e, ao ver do que se tratava, fechou-o rapidamente. Olhou para Clara com um olhar repreensivo. Denise e Karen que estavam juntas riram da atitude da espevitada Clara e entenderam no mesmo instante que o segredo de Léa estava em péssimas mãos. Clara estava dando a maior bandeira com aquele presente. Léa não resistiu ao olhar de Clara, de quem não estava entendendo o motivo dos risos, e riu junto com as amigas. No final, agradeceu o presente e disse que ela arrumaria um lugar especial para ele no quarto do bebê.

Rose também percebeu o comportamento estranho de Léa e, após pressioná-la, obteve a declaração de que ia ter um bebê. Rose ficou desesperada, não sabia se a parabenizava ou se lhe dava uma bronca, disse que, quando seu pai soubesse, ia ter um ataque do coração. Léa achou graça no desespero de Rose.

O que mais deixava Léa triste não eram os enjoos, mas sim a distância que a separava do pai de seu filho. Sentia pena por ele não estar presente nas consultas, ela gravava todas as ultrassonografias para mostrar para ele quando voltasse, queria minimizar ao máximo a culpa de não ter deixado ele optar por estar ou não ali naquela hora.

Eles conversavam sempre que podiam, mas não com a frequência que gostariam dado a dificuldade por causa do fuso horário. Em uma das vezes, Theo percebeu que Léa estava triste e a relembrou de que, se ela não estivesse segurando a barra, ele voltaria na mesma hora. Mas Léa o convenceu de que não era tristeza, só estava apreensiva devido aos trabalhos da faculdade.

Os pais de Léa também perceberam a diferença no humor da filha, andava calada, introspectiva, não interagia com eles da mesma forma. Elisa supôs que Léa estava sofrendo pela ausência de Theo, o que também era verdade. Não sabia que além da ausência do namorado havia um motivo muito maior angustiando sua filha. No primeiro momento, Elisa não quis incomodá-la questionando sobre sua tristeza, achou melhor dar a ela um tempo para que se acostumasse com a ideia de não ter Theo por perto.

Raul, por um instante, sentiu um fiapo de culpa em ver a filha deprimida. Seus jantares sempre animados por conta dos questionamentos da filha passaram a perder a alegria. Por vezes, tentou conversar com ela sobre qualquer assunto, mas não foi correspondido. Léa limitava-se a dizer sim e não.

17

Assim se passaram três meses, a barriga de Léa ainda não denunciava as 17 semanas de gravidez. O dia em que Léa tinha se proposto a contar para Theo sobre a gravidez já havia passado há três semanas. Houve um dia em que ela estava decidida a revelar para ele a grande novidade. Theo tinha acabado de voltar de um passeio. Ele havia ido com Jean para Pequim, de lá foram visitar a grande "Muralha da China" e a "Cidade Proibida", dois pontos turísticos famosos na China. Quando voltaram de lá, Theo literalmente não deixou Léa falar, estava tão empolgado com o passeio que passou todo o tempo da vídeo chamada contando sobre a magnitude da muralha e a imponência da cidade proibida. Léa teria contado se não tivesse que encerrar a chamada para ir ao banheiro vomitar mais uma vez, mas essa foi a última. Nos outros meses, Léa passou a não ter mais enjoos.

No outro dia, na faculdade, Denise estava esperando para saber como foi a conversa. Léa confessou que não conseguiu contar e desabafou para a amiga estar se sentindo muito apreensiva, com medo da reação que Theo poderia ter ao saber que vai ser pai e ela estar privando-o de estar presente neste momento. Denise sabia de tudo aquilo, sabia que isso era passível de acontecer, mas Léa tinha que descobrir sozinha.

Léa sentia que tinha se equivocado em não ter contado para Theo sobre sua gravidez para juntos decidirem o que fazer. Agora as coisas pareciam estar em desordem e ela não sabia como falar, mas sentia que, quanto mais demorasse, pior seria. Lembrou da montanha que subiu com Theo e a paz que ela lhe trouxe aquele dia. Sentiu saudades de ter o coração sossegado e o espírito tranquilo e calmo, desejou muito estar no topo de algum pico e sentir a presença de Theo. Lembrou que Theo havia dito que quando estava no cume de alguma montanha sentia mais forte a presença de Deus. Nessa hora, ela teve um desejo enorme de conversar com Deus. Sentia seu coração apertado, a decisão de não ter sido honesta com Theo no momento certo estava lhe cobrando um preço alto. Não sabia se eram os hormônios descontrolados ou se era o arrependimento por não contar para Theo sobre sua gravidez antes de ele embarcar que estava deixando-a deprimida e sentindo desprezo por si mesma. Não entrou para a sala de aula aquele dia, não estava em condições de assimilar nada, precisava ir até o topo de uma montanha falar com Deus.

Não achou prudente, com quase 4 meses de gravidez, subir uma montanha, então saiu da faculdade e entrou na primeira igreja que encontrou. Era uma igreja antiga, pequena e com alguns elementos do neogótico, recém reformada. Subiu a pequena escadaria, as portas estavam abertas, avistou lá na frente o altar. Já não lembrava mais quando foi a última vez que havia entrado em uma igreja. O chão de madeira novo e brilhante era bastante convidativo, mas Léa não prestou muita atenção, olhava para o altar onde se lembrava de haver um lugar em que era guardado o corpo de Cristo, lembrava que era lá que ela tinha que ir. Santíssimo era o nome, lembrou após alguns segundos, ajoelhou-se diante dele e orou com muita sinceridade, clamou o nome de Deus como nunca havia feito, entregou seu coração a Jesus com a confiança de quem acredita que tudo está nas mãos de Deus. Pediu pelo seu filho e pediu por Theo, sobretudo pediu para que Deus conduzisse aquela situação e que lhe mostrasse o caminho a seguir.

Passaram-se nove dias e, desde o primeiro, Léa não deixou de ir um só dia àquela igreja repetir sua entrega a Jesus e seu pedido de orientação para Deus. A cada dia que saía da igreja, deixava lá um pouco da sua preocupação. Naquele nono dia, Léa deixou o que restava dela. Após fazer sua oração, levantou-se e se virou para sair, a luz do sol da manhã entrava pela porta da frente e impedia qualquer um de avistar quem entrava. Léa viu um vulto que foi se aproximando lentamente e chamou seu nome. Seus ouvidos estavam lhe pregando uma peça ou havia ouvido uma voz chamando? Léa não conseguia ver de quem era o rosto que a chamava, mas sempre conseguiu enxergar com outros sentidos que não a visão, seu coração se encheu de alegria e transbordou de felicidade, suas preces foram ouvidas. Uma gratidão descomunal tomou conta de seu corpo e imprimiu em palavras:

– Obrigada, Deus!

Saiu em disparada na direção de seu amado que a acolheu com todo o amor que ele sempre sentiu por ela. No meio daquele corredor pequeno, ficaram abraçados por um tempo até que Theo, em meio às lágrimas, perguntou para Léa sobre sua descoberta.

– É verdade? Quero ouvir da sua boca.

– Sim – respondeu Léa, entendendo que ele já sabia da sua gravidez.

– Então nós vamos ter um bebê, isso é incrível!

– Me perdoa meu amor, me perdoa! – suplicou Léa.

– Calma, meu amor! Isso não importa agora, vamos conversar sobre isso depois, agora quero que fique tranquila, eu estou aqui, voltei por vocês.

Theo disse as últimas palavras olhando para a barriga de Léa. Ele colocou a mão nela e acariciou-a, enquanto mais lágrimas rolavam de seus olhos. Léa podia ver o brilho nos olhos de Theo, podia sentir a sua felicidade através de seu semblante. Quando Theo voltou seus olhos para os de Léa, com um olhar de agradecimento por ela lhe proporcionar algo tão sublime, ela fez mais uma revelação.

– É um menino.

Os olhos do futuro papai se abriram num gesto de surpresa, seus joelhos se dobraram fazendo com que sua cabeça ficasse em frente à barriga de Léa. Encostou seu ouvido na barriga dela e abraçou mãe e filho. Léa, com carinho, acariciava seu cabelo enquanto olhava para cima comunicando-se com Deus, agradecendo a graça recebida.

18

No caminho para a casa de Léa, eles conversaram sobre como Theo descobriu que ela estava grávida. Roberto não sabia que Theo e Léa eram namorados, pois Theo não havia comentado nada com ele sobre seu relacionamento com Léa a pedido de Raul. Na ocasião, o pai de Léa alegou que seria melhor para o jovem. Uma vez que Roberto não sabia do namoro de Theo e Léa, não viu problema em comentar com Jean sobre a gravidez inesperada da filha do seu sócio e suposta amiga de Theo. Foi assim que Raul disse para Roberto que conhecia Theo, que era amigo de sua filha e por isso queria ajudá-lo. Roberto ficou sabendo da gravidez de Léa através de sua filha, que era amiga de Karen. A filha de Roberto contou na mesa de jantar e pediu segredo absoluto para o pai, disse que Raul ainda não tinha ciência da gravidez de Léa.

Roberto estava conversando com Jean a respeito de Theo, informando-se de como ele estava se saindo com suas atribuições. Jean após passar o relatório para Roberto, revelou que pensava que o jovem estaria ali somente para se aventurar, contou que achou se tratar de algum parente do sócio de Roberto brincando de ser gente grande, mas que depois percebeu que não era nada disso. Roberto então revelou para Jean que na verdade também achava isso visto que Theo era amigo da filha do sócio, e que foi a pedido dele que contratou o rapaz. Jean já conhecia Theo o suficiente para saber que ele tinha uma namorada no Brasil e que era apaixonado por ela, não lembrava direito o nome dela pois Theo quando falava nela a chamava de “minha namorada”.

Poucas foram as vezes que ele pronunciava o nome dela, mas já havia dito uma ou duas vezes. Quando Roberto disse que ele era amigo da filha de Raul, Jean por puro instinto perguntou o nome dela e ao ouvir Roberto dizer "Léa", Jean pensou ser o nome da namorada de Theo e disse isso para Roberto. Foi aí que Roberto disse que não podia ser, que inclusive a filha de seu sócio tinha um namorado e estava grávida dele. Jean aceitou, imaginando que estava confundindo, afinal ouviu poucas vezes Theo dizer o nome de sua namorada.

Alguns dias depois da conversa com Roberto, quando por acaso Theo mencionou o nome de Léa perto de Jean novamente, ele constatou que o nome da filha de um de seus patrões tinha o mesmo nome da namorada de seu novo colega. Então resolveu perguntar para Theo se a namorada dele era a filha de Raul. Theo hesitou em responder lembrando do pedido de Raul de não comentar sobre isso. A hesitação de Theo fez com que Jean percebesse que a resposta provavelmente fosse sim. Então, sem mais delongas, perguntou se ela estava grávida. Quando Theo respondeu que não, Jean revelou que estava suspeitando que Theo estava namorando a filha de Raul que também se chamava Léa, mas agora sabia que era um engano já que, segundo ele, a sua namorada Léa não estava grávida e a Léa filha de Raul sim.

A confirmação veio através de Denise. Theo entrou em contato com sua amiga, sabia que se fosse verdade a história que Jean havia lhe contado, Denise saberia. A amiga de Theo não teve saída, quando ele perguntou sobre a gravidez de Léa, ela ficou atônita, totalmente sem saber o que dizer. Theo conhecia Denise e sabia que jamais ela revelaria qualquer segredo que lhe fosse confiado. Então facilitou as coisas para ela. Disse que quando encerrasse a vídeo chamada iria direto para o aeroporto pegar o primeiro voo disponível para o Brasil e que se isso tudo fosse um mal-entendido de seu colega de trabalho era para ela dizer algo. Denise continuou calada. Theo encerrou a vídeo chamada e embarcou para o Brasil o mais breve possível.

Desta vez Raul não conseguiu disfarçar o desconforto que sentiu ao ver Theo entrar pela porta de sua linda sala. Seu espanto foi tamanho que seu sorriso não obedeceu completamente aos comandos de seu cérebro e saiu pela metade. A felicidade de Léa impediu que ela percebesse que seu pai não havia ficado feliz com a presença de Theo. Já o recém-chegado rapaz sentiu que o futuro avô não estava com saudades dele.

– Você não estava na China? O que houve?

– Um contratempo, seu Raul.

Léa não deixou Theo responder direito à pergunta de Raul, puxou-o em direção às escadas e seguiram para seu quarto.

Raul, na mesma hora, ligou para Roberto para saber o que houve. Da última vez que conversou com Roberto, tudo estava em ordem. Questionou como um funcionário havia abandonado o trabalho da forma que Theo fez e Roberto não havia lhe informado.

– Do que você está falando, Raul? Não estou entendendo, ninguém abandonou emprego algum.

– Tem certeza, Roberto? Onde está Theodor?

– Theo está na China, Raul.

– Faz quantos dias que você não conversa com Jean?

– 3 dias, não sei direito, André é quem conversa com ele.

– Então estou lhe dando a notícia em primeira mão. Theodor abandonou o trabalho.

– Não pode ser.

– Então como você explica Theodor acabar de entrar pela porta da minha casa?

– O que ele está fazendo na sua casa? Calma aí, Raul, estou confuso.

– Esquece, conversamos outra hora, estou atrasado.

Como Raul explicaria para seu sócio sobre Theo estar em sua casa? Ele tinha dito que o rapaz era amigo de sua filha, mas não disse que era tão amigo a ponto de ela ser a primeira pessoa que Theo procuraria após chegar ao Brasil. Roberto, na mesma hora, entrou em contato com Jean e entendeu tudo o que estava acontecendo.

No quarto de Léa, o casal conversou sobre a decisão de Theo de voltar para o Brasil.

– Mas por que você não me perguntou, Theo? Eu teria falado a verdade, você veio de muito longe, largou tudo.

– Justamente por isso, você não concordaria com a minha volta ou pelo menos não teria coragem de me pedir para voltar. Essa é uma decisão minha e não quero colocar sobre você o peso dela.

– Mas você estava feliz lá, você tinha planos, eu entenderia.

– Sim, mas agora eu estou mais feliz aqui, ao lado da mulher que eu amo e do meu filho. Meu amor, estar longe de vocês não está em discussão. Vocês são minha família. E família para mim é composta por duas ou mais pessoas onde todos ficam juntos e unidos.

– Eu te amo tanto, Theo, vou confessar que não estava fácil para mim sem você aqui por perto.

– Não se preocupe mais, estou aqui agora.

Estavam deitados na cama, abraçados, matando as saudades que sentiam um do outro. Léa lembrou de repente dos vídeos que havia gravado das ultrassonografias que fez e mostrou todos para Theo. Ficaram um bom tempo vendo as imagens e conversando sobre o bebê. Combinaram de se encontrar no outro dia para conversar melhor sobre como contar para os pais de Léa a notícia da gravidez.

Theo se despediu de Léa e foi direto à importadora conversar com Roberto sobre o abandono do trabalho. Ainda tinha esperança de Roberto aceitá-lo na empresa mesmo depois de ter largado tudo sem avisar. Léa mais uma vez sugeriu pedir para seu pai interceder por ele, afinal era o dono da importadora e com certeza podia fazer algo a respeito. Theo não concordou, disse que ele teria que resolver com o Roberto que foi quem o contratou. Agradeceu a preocupação de Léa, mas não podiam recorrer ao pai dela toda vez que tivessem algum problema, além disso a decisão de voltar foi unicamente de Theo, ele teria que arcar com as consequências.

Roberto estava esperando o desertor em sua sala, Theo enviou uma mensagem para Roberto perguntando se ele podia recebê-lo. Embora Theo ainda tivesse esperança de que Roberto não o demitisse, estava preparado para uma reação nada amigável. Ele tinha noção do que havia feito e sabia que, aos olhos de um empresário, podia ser uma atitude muito inconsequente. Mas ele tinha certeza de que maior inconsequência seria deixar a mulher que ama desamparada de cuidados em um momento que julgava ser tão importante na vida de uma mulher. Tendo isso em mente não abaixou a cabeça ao falar com Roberto.

Roberto fixou seus olhos nos de Theo profundamente e Theo respondeu à altura o olhar desafiador de Roberto. Naquele momento, Roberto olhava para o pobre rapaz e pensava – então esse rapaz é o pai do neto de Raul. Veio-lhe na memória Raul lhe pedindo para que o contratasse e o enviasse para China. Raul só podia estar doido. Agora, olhando para Theo, ele compreendia perfeitamente as razões de Raul. O que seu sócio estava tentando fazer com o namorado de sua filha nada mais era do que afastá-lo dela. Se o pedido fosse apenas para contratá-lo e dar todo suporte para que ele crescesse na empresa, era perfeitamente compreensível, mas a pressa de enviá-lo para longe não podia ser por outro motivo. Pensou que Raul, mesmo com toda a sua esperteza, demorou para agir, era tarde demais. O que Raul mais temia aconteceu. Pobre Raul, como reagiria quando ficasse sabendo da bomba que em breve seria detonada? Roberto só tinha uma certeza, não seria ele que acionaria o botão, não seria por ele que Raul ficaria sabendo da gravidez de sua filha. Quanto a tudo mais, não tinha sequer noção do que fazer. Estava diante do talvez futuro genro de seu sócio. Demiti-lo por abandonar o emprego seria justo se ele não soubesse o que estava por trás de tudo aquilo, mas ele sabia e isso mudava tudo.

– Então, Theodor Bauer, você tem algo a me dizer?

– Sim, Roberto, antes de mais nada, agradeço por me receber.

– Como não iria recebê-lo? Você ainda é funcionário da importadora.

– Claro, estou aqui para lhe explicar o que aconteceu, o motivo por eu ter voltado sem ao menos te comunicar. Quando eu terminar, gostaria que se sentisse à vontade para tomar qualquer decisão, entenderei perfeitamente.

Roberto deixou Theo contar tudo o que ele já sabia por intermédio de Jean. Enquanto Theo falava, ele refletia sobre tudo aquilo. Chegou a ficar com pena do rapaz que não fazia ideia do que estava acontecendo. As coisas ficaram ainda mais claras para Roberto quando Theo lhe contou que não falou nada com relação ao seu namoro com Léa a pedido de Raul. Quando Theo terminou sua explicação, Roberto deu seu parecer indefinido.

– Não posso tomar nenhuma decisão agora sobre seu futuro aqui na importadora, Theodor. Se você não se importar, peço que me dê um ou dois dias para pensar.

Theo sentiu um fio de esperança, talvez ele ainda tivesse uma chance de continuar trabalhando na importadora. Roberto pediu um tempo para Theo porque precisava conversar com seu sócio e talvez futuro sogro de Theo. Ele havia pedido para que contratasse o rapaz então nada mais justo do que ele resolver essa questão agora. A verdade é que Roberto estava compadecido com o rapaz. Se dependesse dele mesmo, provavelmente não o demitiria. André havia gostado bastante do trabalho de Theo e só isso já era motivo de considerar uma possível segunda chance para o futuro pai.

19

Raul precisava enviar um documento para um de seus sócios. O assunto era urgente e ele não tinha tempo disponível para isso, então pediu para sua filha fazê-lo. Léa também estava bastante comprometida naquele dia devido às aulas da faculdade. Além disso, tinha combinado de encontrar Theo no horário do almoço para conversar melhor sobre como iriam dar a notícia de sua gravidez para seus pais. Estavam decididos a contar juntos, faltava apenas decidir o dia e se encorajarem. O documento deveria ser entregue no restaurante que Raul era sócio. Léa convidou Theo para conversarem no restaurante, assim ela otimizaria bem o seu tempo: entregaria o documento a pedido de seu pai, aproveitaria a ocasião para almoçar no restaurante e ainda decidiriam como contar a novidade para seus pais.

Theo aceitou o convite de Léa, mas não antes de demonstrar sua surpresa em saber que Raul não era sócio somente da importadora. Léa informou que seu pai tinha tantas sociedades que ela nem sabia direito e deixou claro que o restaurante era o xodó de seu pai.

Quando Léa estacionou o carro, Theo estava falando sobre as várias montanhas que iria subir com o bebê assim que ele tivesse idade. Foi descendo do carro e falando ao mesmo tempo, estava envolvido naquele maravilhoso sonho que era ser pai e, quando caiu em si, estava em frente ao Bobotie. Paralisou. Léa seguiu. Quase entrando, ela olhou para trás e viu Theo feito uma estátua, imóvel, olhando para a fachada do restaurante. Léa o apressou dizendo que precisava entrar logo e entregar o documento para Amilcar, o sócio de seu pai. Depois que a cena em que Theo viu Raul pela primeira vez passou inteira pela sua cabeça, o rapaz moveu-se em direção à entrada do restaurante.

Rapidamente Léa escolheu uma mesa e pediu para Theo sentar-se enquanto ia até a cozinha entregar o documento. Léa foi informada por um auxiliar de cozinha que o sócio de seu pai não estava no restaurante, mas que não tardaria em chegar. Léa então enviou uma mensagem para ele dizendo que estava lá com o documento e que quando chegasse era para ir diretamente na mesa dela pegá-lo. Léa fez o seu pedido para o garçom e pediu para Theo escolher o que quisesse.

– Hoje é por minha conta, ou melhor, por conta do meu pai – brincou, já que não ia pagar o almoço pelo fato de seu pai ser um dos donos do restaurante.

Theo olhou para os lados e se viu anotando os pedidos. Há pouco tempo, ele estava do outro lado, servindo a todos, e poderia estar até hoje se não fosse aquela mancha na sua camisa, ou o preconceito de um certo cliente que agora ele teve a surpresa de descobrir que era o dono do restaurante. Esse mesmo homem, que lançou sobre ele naquele mesmo lugar um olhar de reprovação, seria avô de seu filho. O pobre rapaz já tinha superado o episódio daquele dia em que foi demitido por um motivo tosco, mas estar ali como namorado da filha do dono o fez relembrar com repúdio aquela situação.

– Theo, está tudo bem com você? – perguntou após perceber seu namorado ausente.

Nessa mesma hora, chegou Amilcar com sua simpatia de sempre em direção a Léa. Ela se levantou e o abraçou com a mesma alegria. Então apresentou o namorado para ele.

– Este é meu namorado, Theo. Theo este é ...

– Seu Amilcar – completou Theo com semblante nada amigável.

– Vocês já se conhecem?

A alegria de Amilcar deu lugar ao constrangimento. Ficou desconcertado ao reconhecer Theo. Respondeu que sim, mas com pouca certeza, o que deixou Léa aguardando mais informações.

– Trabalhei aqui, Léa, há algum tempo, mas eu não estava à altura do estabelecimento. Não é mesmo, Seu Amilcar?

– Não foi bem assim, Theodor, a gente segue um padrão rígido de qualidade para que nossos clientes se sintam bem.

– Claro, como pude me esquecer, parece que não agradei a um cliente muito especial naquele dia, não é mesmo? Qual era mesmo o nome dele?

Amilcar avistou um envelope em cima da mesa. Fez um sinal para Léa perguntando se era o documento que ele precisava e ela confirmou com outro sinal. Ele então pegou o envelope e saiu desculpando-se.

– Os clientes estão chegando, peço desculpas, mas tenho que voltar ao trabalho. Quanto à sua demissão, meu jovem, não pude fazer nada.

Léa olhou para Theo assustada com a forma sarcástica com que ele tratou o sócio de seu pai. Logo Amilcar, que era uma pessoa agradabilíssima, nunca viu sair palavras ásperas de sua boca, então pediu para que Theo explicasse o que aconteceu.

Theo contou o episódio da mancha na camisa. Depois disse que seu Amilcar usou essa desculpa para demiti-lo, mas ele tinha dúvidas sobre isso. Contou que viu um cliente importante, que ficou incomodado com a mancha em sua camisa, conversando com seu Amilcar antes de ir embora e teve a impressão de que estavam falando sobre ele. Percebeu que, por algum motivo, aquele cliente não havia gostado dele, e suspeitava que era por causa da cor da sua pele. No final, revelou que tempos depois descobriu o nome e sobrenome daquele cliente:

– Raul Oliveira.

– Como?

– Isso mesmo. No primeiro jantar na sua casa, quando dei de cara com seu pai, levei um susto. Logo percebi que obviamente ele não tinha me reconhecido. Claro, nem olhou direito para minha cara quando fui anotar seu pedido aquele dia neste restaurante.

– Mas por que você não me contou essa história antes?

– Porque não achei necessário, uma demissão sempre nos faz refletir se somos capazes. E resolvi esquecer essa história no dia em que descobri que você era filha do cliente especial do Restaurante Bobotie.

– Dono na verdade.

– Até agora eu não sabia. Isso é o que me deixa intrigado, eu cheguei a pensar que tinha sido demitido por causa daquele cliente, mas agora, sabendo que ele é na realidade o dono, eu acho realmente que minhas suspeitas estavam corretas.

– Aquilo que você me disse sobre cor de pele, você acha mesmo que meu pai tem preconceito com isso? Não acha que se você foi demitido por intermédio dele não foi simplesmente pela mancha na camisa? Meu pai é bastante criterioso, então pode ser que seja só por isso mesmo.

– Não sei e talvez eu nunca saiba.

Aquela história estava muito estranha para Léa, Theo poderia estar enganado com sua suspeita, não conseguia acreditar que seu pai faria qualquer coisa do tipo. Se o fizesse, seria por puro cuidado com o restaurante de que ele tanto gostava. Por outro lado, Theo não era uma pessoa que se vitimizava. Até então não se lembrava de ver seu namorado se portar como um coitado e indefeso, tampouco ser sarcástico com alguém, e foi logo com Amilcar, que tratava todo mundo com cordialidade. Alguma coisa estava fora do lugar e Léa não sabia o que era.

Roberto pediu que Raul fosse até a importadora para conversarem a respeito de Theo. Disse que precisava saber o que fazer com ele e não queria tomar nenhuma atitude sem o consentimento de Raul. O médico alegou não ter tempo para falar com seu sócio e que ele podia fazer o que fosse melhor para a empresa, disse claramente que, se Roberto entendesse que o melhor seria demiti-lo, que assim o fizesse. Roberto percebeu o desprezo pelo caso do rapaz e deduziu que Raul ainda não sabia de toda a história. Viu-se diante de uma situação difícil, caberia a ele decidir se aceitaria que Theo continuasse na importadora mesmo depois de ele ter feito o que fez. Roberto expôs a situação à sua esposa e ela o ajudou a decidir.

O episódio ocorrido no restaurante tirou o foco da conversa que tinham planejado. No final do almoço, nada ficou definido a respeito de revelar para os pais de Léa que seriam avós. Léa disse para Theo que não podiam demorar muito, ou seus pais ainda saberiam por outra pessoa. Se até ele, que estava do outro lado do mundo, soube da sua gravidez, imagina o famoso Dr. Raul com toda sua influência! Era questão de dias. Léa argumentou com Theo para que o fizessem o mais rápido possível, mas, depois de descobrir que Raul era dono do restaurante em que ele trabalhou e do qual foi demitido por simplesmente usar uma camisa manchada ou por motivo ainda menos nobre, não queria ver o rosto de Raul tão cedo.

Léa foi até a casa de Theo na noite seguinte. Quando chegou lá, Theo estava radiante, disse para Léa por mensagem que tinha uma surpresa, mas queria falar pessoalmente.

– Roberto não vai me demitir!

– Sério? – perguntou Léa pulando em seu pescoço.

– Eu nem acredito, achei que isso seria muito improvável. Devo muito ao André. Roberto mencionou o nome dele, disse que ele tinha gostado de trabalhar comigo.

– Meu amor, que notícia maravilhosa!

– Sim, eu estava muito preocupado, Léa. Não queria te falar, mas estava preocupado com as despesas que nosso filho irá gerar. Agora poderei contribuir igualmente com os custos!

– Theo, não precisava se preocupar com isso.

– Está fora do meu controle.

– Eu entendo, estou tão feliz por você. Por nós, aliás.

– Amanhã, Léa.

– O quê?

– Amanhã vamos falar com seus pais e revelar a notícia. Agora estou mais confiante. Tenho meu emprego de volta, uma coisa a menos para eles se preocuparem.

20

Léa voltou para casa feliz como há muito tempo não se sentia. Tudo estava dando certo para eles, as coisas estavam se encaixando perfeitamente, agora bastava contar para seus pais sobre o neto deles que crescia em seu ventre e tudo ficaria resolvido. Do jeito que tem que ser. Uma vida sem mentiras e omissões. Léa entrou na casa e seu pai estava no telefone.

Do outro lado da linha quem falava era Dr. Nelson, médico obstetra amigo de Raul e amigo também do médico que Léa consultou para dar início ao pré-natal, mas disso ela não sabia. Então, a ideia de não ter consultado com o Dr. Nelson para que ele não antecipasse a notícia para seu pai foi por água abaixo.

Raul empalideceu, ficou atônito com a notícia da gravidez de Léa. Uma imagem imediatamente veio em sua mente; uma criança de pele diferente da sua, correndo pelos cômodos da casa. Imaginou-se carregando seu neto pela praça e as pessoas olhando e perguntando-se o que teria acontecido, seria uma criança adotada? Em questão de segundos, imaginou-se apresentando o herdeiro para a família, para os colegas do trabalho, nas festas. Aquelas imagens em sua cabeça não faziam sentido. Era como se o neto que ele projetou um dia, tivesse morrido e um outro intruso que jamais passou pelo seu imaginário tivesse roubado seu lugar. Um processo de desconstrução se iniciava em sua mente de forma abrupta e devastadora. Sua filha era culpada pela desordem mental que ele estava sofrendo. Uma raiva imensa tomou conta dele. Ouviu um barulho na porta e avistou Léa entrando.

– Sua inconsequente! O que você fez da sua vida? Da minha vida? Você foi muito irresponsável! – esbravejou sem pensar.

– Pai...

– Cala a boca! Será que você não percebe o mal que causou a mim e à sua mãe?

– Mal?

– Eu não te criei com tanto esmero para ver você jogar tudo pela janela. Eu não merecia, Léa!

– Do que você está falando?

– Meu sangue! Estou falando do meu sangue que agora vai correr nas veias deste, deste... Já pensou se essa criança nasce com a pele de Theodor? Por que você fez isso? Por quê? Tínhamos tanto orgulho de nossas raízes e agora...

Raul esbravejava tanto que o cuspe lhe saía pela boca, passava a mão na cabeça inconformado com a notícia. Em uma tentativa de acalmá-lo, Elisa quase levou uma cotovelada no rosto. Enquanto Raul despejava sua fúria, Léa ia se decepcionando mais e mais. Entendeu que seu pai descobriu sobre sua gravidez pela boca de outra pessoa. Perplexa com a reação de seu pai diante da "boa" notícia, viu um homem estranho em sua frente. Não reconheceu mais aquele que um dia a ensinou tudo que ela julgava ser. Aquele que a ensinou a não achar que era superior, muito menos inferior, a qualquer outro indivíduo. Que as pessoas tinham direitos e deveres que precisavam ser respeitados. Aquele que era seu exemplo, sua proteção e fortaleza.

– Não posso acreditar que estou ouvindo isso, você está sendo...

– Não me venha com seus discursos, Léa! Você sabe muito bem como a vida funciona, como as pessoas pensam. Você sonha com um mundo que não existe! Quer saber? Você é uma egoísta, isso sim, não pensou em mim, não pensou em sua mãe e principalmente não pensou no seu próprio filho, que podia ser gerado dentro de uma família normal, com todos os conceitos e crenças bem estabelecidos, mas não, prefere ser moderninha e se unir com gente que não é a sua gente, mesmo sabendo que um fruto vindo de uma união como esta está fadado a traumas que poderiam ser evitados. Você não faz ideia, minha filha, de como essa sociedade racista é implacável! Como pode ser tão leviana?

– Sociedade racista? Sim, claro, formada por pessoas como você! – esbravejou Léa. – E quanto a ser leviana, espero que seja isso que você esteja sendo papai, porque não estou acreditando nas palavras que estão saindo da sua boca. Eu estou delirando ou o homem que me disse um dia que as pessoas são iguais está agora me soterrando de palavras de segregação e discriminação?

– O que você entende por igualdade, garotinha? Não existe igualdade, Léa. No mundo que vivemos, não existe.

– Mas você me fez pensar o contrário... eu não entendo – Léa disse confusa.

– A culpa foi minha, toda minha.

Raul sentou-se no sofá e colocou as mãos nos ouvidos como se não quisesse ouvir mais nada, colocou a cabeça entre as pernas e fez um movimento com os pés fazendo o corpo balançar para um lado e para outro.

Léa desistiu de conversar e foi para seu quarto assimilar a situação que acabara de vivenciar. Elisa foi atrás dela, encontrou Léa aos prantos na cama, sentou-se na cama ao seu lado e colocou a cabeça de Léa em seu colo. Em seguida, tentou consolá-la, pediu para que Léa não levasse em consideração a fala do pai, alegando que ele estava impactado com a notícia e havia falado aquelas palavras sem pensar direito e que certamente não era aquilo que ele sentia.

Léa estava em choque com a reação do pai. Imaginou que ele pudesse ficar triste com a notícia, afinal ela antecipou os acontecimentos, mudou a ordem das coisas. Estava na metade do curso de medicina, óbvio que ele gostaria de ver a filha se formar, depois se casar e só então lhe dar um neto. Por tudo isso, ela entenderia a decepção do pai, mas as palavras ditas há pouco na sala soaram como bomba em seus ouvidos, nunca pensou que seu pai pudesse proferir tamanha barbaridade.

– Quem é aquele homem com quem acabei de discutir mãe?

– Eu já te disse, dê um tempo para ele digerir essa notícia, filha.

– Não estou falando da notícia, estou falando daquele comportamento preconceituoso.

A mãe de Léa não respondeu, também estava abalada com a reação de Raul.

– Agora faz sentido a história que Theo me contou – disse Léa.

– Que história?

– Ele disse que foi demitido do Bobotie por intermédio de meu pai.

– Theo trabalhava no Bobotie?

Elisa ficou sabendo como Theo foi demitido do restaurante de seu marido e, na mesma hora, lembrou-se de como ele aceitou fácil conseguir um emprego para Theo. Inclusive já tinha planejado para ele algo na importadora. Depois veio o envio repentino do rapaz para a China, ou seja, para longe de sua amada filha. Tudo planejado com muita delicadeza, ainda por cima estava se saindo um ótimo sogro, proporcionando ao genro experiências incríveis e um futuro promissor. Longe de sua filha.

Desidratada de tanto chorar, Léa caiu no sono.

No outro dia, Denise sentiu falta de Léa na faculdade. Enviou várias mensagens perguntando se havia acontecido alguma coisa, mas a amiga sequer visualizou. Denise aproveitou um intervalo longo entre as aulas e foi até a casa dela. Rose a levou até o quarto de Léa, que a encontrou ainda dormindo. Percebeu os olhos da amiga ainda inchados de tanto chorar, calmamente chamou pelo seu nome. Léa acordou meio zonza, reconheceu Denise, as memórias do dia anterior lhe vieram como uma avalanche na mente e novamente chorou, abraçou Denise e chorou ainda mais.

Após alguns segundos, Léa se recompôs e desabafou para a amiga toda sua decepção. Denise ouviu com paciência e, incrédula, sentiu aversão por Raul. Léa novamente se viu em conflito. Como falar para Theo sobre o que aconteceu na noite anterior? Pediu ajuda para Denise, um conselho, perguntou se talvez nesse caso não seria melhor omitir os fatos. Talvez se abrir com o Theo sobre um assunto tão difícil não seria dar margens para mais ódio? Theo poderia se voltar contra seu pai de forma irreversível. Indagou com a amiga se agora não era a hora de usar a tal "mentira branca".

Quando Léa disse isso, surpreendeu-se com ela mesma e repetiu a expressão para a amiga em tom de pergunta:

– Mentira branca? O que isso significa? Uma mentira que serve para impedir que coisas ruins aconteçam ou que sejam gerados sentimentos ruins, ou seja, uma mentira "boa"? Então se dá o sobrenome de branca para dizer que uma coisa errada pode ser usada para o bem? Por que a cor branca? Inveja branca! E piora, para um preto "gente boa" diz-se que ele tem alma branca.

Léa percebeu os traços da estrutura racista manifestando-se em seu vocabulário. Questionou para a amiga que se até ela escorregava em atos falhos por causa do racismo estrutural existente na sociedade, imagina aqueles que ainda não tinham tomado consciência dessa triste realidade. Sugeriu que seu pai fosse um deles, que ainda que fosse bem esclarecido e tivesse passado para ela conceitos éticos admiráveis ainda tinha muito a aprender. Como ela não havia percebido isso antes?

Por mais que Denise tentasse dar algum conselho, não conseguia, Léa não parava de pensar em voz alta. Por vezes, Léa repetiu que não esperava aquilo de seu pai, que parecia estar vivendo um pesadelo. Haviam marcado de contar para seus pais a respeito da gravidez naquela noite. Como dizer para Theo que seu pai já sabe de tudo e não o está esperando para dar um abraço e desejar felicidades? Depois de despejar em Denise todos os seus questionamentos, Léa olhou firme para a amiga e aguardou sua opinião.

Denise então aconselhou:

– A verdade! Com todas as suas cores.

A mensagem que Theo recebeu de Léa o deixou curioso. Eles se encontrariam na casa dela à noite para contar a novidade para Raul e Elisa, mas ela cancelou o encontro. Quando perguntou o que havia acontecido, Léa disse que preferia falar pessoalmente, que iria até a casa de Denise à noite e pediu para ele encontrá-la lá.

À noite, na casa de Denise, ao ver Léa tão abatida, Theo ficou muito assustado, pensou no pior, imaginou que algo pudesse ter acontecido com seu filho, pediu para Léa se apressar e dizer logo o que tinha para dizer, estava ficando preocupado.

– Aconteceu algo com o nosso bebê, Léa? Vamos, diga.

– Calma, está tudo bem com ele.

Theo deu um suspiro de alívio, foi até a geladeira e pegou um copo de água, voltou para sala e se sentou ao lado de Léa.

– Então não se preocupe, meu amor. Seja lá o que for, daremos um jeito.

Ela começou a contar o episódio com seu pai. Denise estava sentada em um pufe na frente dos dois, Léa fez questão de que Denise estivesse junto. Theo ouviu tudo sem falar uma palavra. Suas suspeitas se confirmaram naquele momento, mas agora era diferente, era real, não era mais suposição. Era uma verdade que doía, a rejeição não era algo fácil, ainda mais quando era fato, pois as palavras foram ditas, não subentendidas. Theo ouvia o soluço de Léa no meio das frases não terminadas, ela não tinha coragem de terminar, Denise a ajudou mais de uma vez.

No final, Theo entendeu como estava sendo difícil para Léa descobrir em um pai adjetivos que ela jamais imaginou que ele tivesse. Seu herói passava a ser bandido, entendeu que, por mais que Léa fosse destemida e justa, ela era tão inocente a ponto de muitas coisas lhe passarem despercebidas. Theo a ouviu em silêncio. Seus pensamentos vagueavam vez ou outra procurando entender como um homem tão educado e simpático conseguia disfarçar todo seu preconceito. Se não fosse por ele ter sentido na pele o menosprezo de Raul no episódio do restaurante, talvez não acreditasse em Léa agora. Theo ajoelhou-se em frente a ela, aguardou-a terminar de contar o ocorrido.

– Ouça, Léa. É normal descobrirmos que nossos pais não são os heróis que pensamos que são. Algumas pessoas descobrem isso mais cedo, algumas mais tarde, outras nunca descobrem. Seu pai é como todos os outros pais que protegem sua prole a qualquer custo. Sabe, esses pais são muitas vezes ignorantes e não conseguem perceber que algumas atitudes protetivas podem trazer consequências muito piores do que aquelas de que eles julgam estar livrando seus filhos. Entenda, seu pai não sabe tudo e, assim como nós, precisa evoluir em alguns assuntos da vida. Nós, filhos, estamos aqui para isso, para sua evolução. Eles não sabem disso e acham que é o contrário, mas não, eles precisam de nós para aprender. Então eu sugiro que você aproveite essa oportunidade de mostrar algo novo para ele, fará bem para vocês dois. Também não podemos jogar fora todo o bem que eles nos fizeram. É uma troca, eles limpam nosso bumbum e nós os ensinamos a serem melhores.

Léa surpreendeu-se com a perspectiva de Theo, e ao fim da fala dele até liberou um sorriso. Achou engraçado e ao mesmo tempo libertador. Entendeu que esse era um problema sério, mas que dizia respeito ao seu pai, ela não tinha culpa. Concordou com Theo quando disse que seu pai precisava evoluir nesse quesito e, naquele momento, assumiu a responsabilidade de estar presente para ajudá-lo quando ele quisesse, no tempo dele.

Quando parecia que estava tudo mais calmo, Denise comentou sobre algo que a intrigou desde o momento que soube sobre a desaprovação de Raul em relação ao namoro da filha.

– Eu não quero botar mais lenha na fogueira, mas tem uma coisa que está me intrigando e, mais cedo ou mais tarde, vou ter que desabafar.

Os futuros pais olharam para Denise como se estivessem dando permissão para que continuasse seu comentário. Ela direcionou o olhar para Léa e prosseguiu com seu questionamento:

– Se seu pai nunca foi a favor do namoro de vocês, por qual razão ele ajudou Theo a conseguir o emprego na própria importadora? Foi ele que indicou Theo para a vaga, não foi?

A pergunta ficou sem resposta, o trio se entreolhou aguardando que alguém comentasse sobre aquela observação. O cérebro de todos passou a trabalhar com mais força em busca de um entendimento sobre aquela incoerência. Léa instintivamente foi em defesa de seu pai.

– Talvez uma coisa não esteja ligada à outra. Meu pai falou coisas horríveis, coisas que nunca supus que ele pensasse, mas, como o próprio Theo disse, não podemos esquecer as coisas boas que ele fez, talvez só tenha pensando em ajudar. Ele ainda precisa aprender a não julgar alguém pela cor da sua pele, mas já vi ele ajudando muitas pessoas sem querer nada em troca.

– É verdade, mesmo ele não aprovando o namoro de vocês, não se manifestou contra logo de início. De repente estava tentando digerir a situação e ainda por cima proporcionou para Theo uma oportunidade incrível de crescimento. Até para a China ele foi, teve oportunidade de conhecer lugares incríveis.

Enquanto Denise falava, Theo processava as informações tentando decifrá-las. Quando Denise falou sobre ele ter ido para China, teve um *insight* , lembrou-se do tempo enorme de viagem que fez pra chegar até lá, lembrou-se de como sentiu saudades de Léa e na dificuldade que tinha de se conectar com ela devido à diferença de fuso horário, lembrou-se de como algumas vezes sentiu medo de voltar para o Brasil e perceber que sua amada não o amava mais, que o tempo havia se encarregado de mudar o rumo das suas vidas e o sentimento que os unia ter se dissipado durante os muitos dias que passaram longe um do outro.

No entanto, o destino soberano traçado e profetizado em uma pequena loja de *souvenirs* por uma mulher desconhecida, tratou de antecipar sua volta, impedindo que os anseios e medos do jovem rapaz se tornassem realidade, impedindo que a distância demasiadamente grande interferisse na história que ambos escreviam juntos.

Veio na memória do jovem rapaz a retrospectiva do caminho que percorreu até estar a 16 mil quilômetros de distância de Léa. A facilidade com que as coisas aconteceram em sua vida. Embora ele tivesse se esforçado muito para aprender e conquistar a admiração de Roberto, as coisas pareciam encaixar de forma incrível, mais do que o normal. Pensou naquele instante que a desconfiança que ele tinha sobre Roberto tê-lo contratado já pensando em enviá-lo para China nunca fez tanto sentido. Estava claro, tudo aconteceu muito rápido. Roberto com certeza já tinha um plano para seu futuro, mas não por necessitar de alguém para trabalhar no escritório da China e sim a pedido de um sócio desesperado em separar sua filha do namorado que não aprovava, enviando-o para bem longe dela.

Theo saiu do transe em que se encontrava.

– Eu sei o motivo de seu pai ter me indicado para trabalhar na importadora, Léa.

– Você acha que houve alguma intenção oculta nisso? – perguntou Léa.

– Sim, mas espero estar enganado. Do contrário, não conseguirei ser tão compreensivo com ele.

Naquela noite, nem Léa nem Denise ouviram Theo dizer o suposto motivo da sua contratação na importadora. Ele alegou não querer dar falso testemunho, mas sabia como fazer para desvendar a real intenção de Raul. Theo queria ter certeza de que sua suspeita era verdadeira antes de revelá-la para Léa, afinal Raul era seu pai e seria pesado demais para ela descobrir que seu pai não mediu esforços para afastá-los.

Na manhã seguinte, Theo estava de volta na importadora, era seu recomeço. Antes mesmo de dar início ao trabalho, foi falar com Roberto a fim de apurar toda a verdade a respeito de sua contratação. Cumprimentou e agradeceu Roberto pela chance que estava lhe dando, e foi direto ao ponto.

– Realmente estou muito grato por você ter reconsiderado minha permanência nesta empresa, Roberto.

– Imagina, Theo, o mérito é todo seu.

– Mérito. É justamente sobre isso que eu quero falar antes de dar qualquer passo adiante dentro dessa importadora.

– Não estou entendendo.

– Por que você me contratou?

– Você sabe, a gente já conversou sobre isso, precisava de pessoas na equipe.

– Seja sincero comigo, Roberto. Vou perguntar novamente. Melhor, vou mudar a pergunta: por que você me enviou para a China?

Roberto entendeu na mesma hora que Theo de alguma forma havia ligado os pontos e descoberto a armação de seu sócio, ou seja, naquele momento ele sabia o real motivo de sua transferência para a China. Não sabia o que responder diante da pergunta de seu funcionário. Raul o havia colocado em uma situação constrangedora, ficou com raiva dele por isso. Sua alternativa àquela hora era mentir e manter o que ele dissera há tempos sobre a necessidade de ter mais alguém na equipe da China, o que não era uma total mentira, tendo em vista que Cris há muito tempo pedia para voltar ao Brasil e, para isso, precisava que alguém o substituísse. Dessa forma, mantendo o que havia dito, evitaria mais transtornos e pouparia uma desavença entre Theo e o avô de seu filho.

Outra alternativa seria dizer a verdade, revelar que Raul havia pedido para que o enviasse para China, mas essa também era uma decisão que precisava de coragem. Embora na época ele não fizesse ideia de que Theo era namorado de Léa e que Raul, por não aprovar o namoro, pretendia afastá-lo de sua filha, sentia que havia algo estranho naquela história toda e de certa forma compactou com a insanidade de Raul.

Tentou formalizar uma resposta verdadeira e ao mesmo tempo ardilosa:

– Eu te disse que precisava que alguém fosse lá para ajudar a equipe, mas eu não te disse que Cris pretendia voltar. Caso você se saísse bem, talvez traria Cris de volta. Eu não vejo problema algum nisso, Theo, você me disse que tinha disponibilidade para viajar. Além do mais, você não está preso à minha empresa, podia e pode sair quando quiser.

Theo ouviu atentamente e reformulou a pergunta novamente:

– Você me contratou com essa intenção?

Roberto estaria mentindo se dissesse que não, pois na primeira conversa com Raul, este deixou claro qual seria o destino de Theo. Além do mais, um sim para aquela resposta nada provaria contra seu sócio.

– Sim.

Até então, não havia nada naquela conversa que denunciasse Raul, que provasse que ele era o verdadeiro responsável pela sua transferência para China. Theo percebeu que teria que ser mais direto nas perguntas, estava certo de que Raul estava envolvido naquilo. Perguntou mais uma vez:

– Seu sócio Raul teve alguma coisa a ver com isso?

Roberto engoliu seco, não queria mentir para Theo, tampouco colocar Raul em uma situação complicada. Continuou com seu plano de usar as palavras verdadeiras e ardilosas.

– Sim, Theo – percebeu na mesma hora o semblante de Theo empalidecer, rapidamente continuou a falar. – Imagino que Raul estivesse preocupado com você, com Léa, não sei ao certo. Como você sabe, eu não sabia da relação de vocês, não fazia ideia do motivo pelo qual Raul me pediu isso. Agora, pensando melhor, agora que sei que, na verdade, você é namorado da filha dele, imagino que ele estivesse pensando no seu bem, talvez ele quisesse que você crescesse aqui dentro para ser meu braço direito – nessa hora seu plano de ser verdadeiro falhou, preferiu mentir e tentar manter a paz. – Por isso precisava que você tivesse experiências importantes e relevantes aqui dentro da empresa. Raul é um homem perspicaz, Theo, ele enxerga longe, por isso confiei nele e atendi ao seu pedido. Confio em Raul, ele sempre sabe o que faz.

Roberto era tão bom com as palavras que, ao ouvir o ponto de vista dele, Theo sentiu muita vontade de que aquilo fosse verdade, mas ele sabia que não era, sabia o verdadeiro motivo do pedido de Raul. Sentiu uma tristeza profunda, sentiu ter sido enganado por todos, não sabia mais quem ele era. Aquele funcionário que aprendia tudo rápido e com destreza talvez nem existisse. Theo estava orgulhoso de si próprio pelo trabalho que estava desenvolvendo na importadora, mas agora não sabia se era real, se ele realmente estava evoluindo e aprendendo ou se era tudo uma farsa. Levantou a cabeça que, pela primeira vez, Roberto viu abaixada e fez a última pergunta.

– Por que você me manteve aqui mesmo depois de eu ter abandonado o trabalho e voltado para o Brasil sem ter te comunicado?

– Porque você é competente e tem um potencial incrível. Não posso perder um funcionário com o seu perfil. Como eu te disse no início, o mérito é todo seu, Raul não tem nada a ver com isso. Acredite em mim, estou falando a verdade.

Theo estava disposto a pedir demissão caso confirmasse sua suspeita, mas a maneira como Roberto falou o convenceu de que estava falando a verdade sobre seu desempenho e desistiu da ideia. Óbvio que o fato de Léa estar grávida também lhe veio à mente. Tinha um filho para criar e precisava de emprego. O orgulho é um sentimento que ele não podia se dar ao luxo de ter, mas estava disposto a não engolir o orgulho caso Roberto dissesse que tinha reconsiderado sua permanência a pedido de Raul. Isso afetaria sua hombridade, mas não foi o caso, ele havia conquistado seu espaço na importadora, sentiu sinceridade nas palavras de Roberto.

Restava agora decidir se contava para Léa o que o pai dela fez para separá-los. Pensou seriamente em deixar aquilo de lado, uma vez que ele continuaria trabalhando na importadora e seguiriam suas vidas quase que normalmente. Se tivesse pedido demissão, teria que contar o verdadeiro motivo por tal atitude, mas não era o caso. Decidiu não revelar para Léa imediatamente o motivo de ter sido enviado para China. Resolveu aguardar até estar certo de que era a melhor coisa a se fazer. Esse dia nunca chegou.

21

Os dias seguintes foram corridos.

Léa evitou cruzar com seu pai pela casa. Passava muito tempo na faculdade e na casa de Theo. Eles não ficavam um dia sequer sem se ver, muitas vezes se encontravam na casa de Denise ou na casa de Samuel, outras vezes em bares e pizzarias. Theo achou melhor se distanciar da casa de Raul por um período, não tinha a mínima condição de estar no mesmo local que ele, principalmente depois de saber que o sogro não só não queria que eles ficassem juntos, como usou seu poder para separá-los. Achou melhor deixar Léa lidar com a situação sem a presença dele.

Theo se dedicou mais ainda ao trabalho, não queria perder a chance que Roberto lhe deu. Conseguiu destrancar a matrícula na faculdade e dar continuidade ao curso de Direito. Estava indo tudo bem com ele e Léa, a não ser pelo fato de Raul não falar com a filha direito. Léa e Theo alugaram uma casa maior do que a que ele morava com Ângelo, onde puderam fazer um quarto especial para receber o filho. Mudaram-se para a nova casa dois meses depois de Theo ter voltado para o Brasil.

Foi difícil Elisa se conformar com a saída da filha de sua casa, alegou tudo que lhe veio na mente para mantê-la por perto até que seu neto nascesse. Disse que era mais seguro ficar ali por estar amparada por sua mãe e que ficaria muito difícil para ela ter que frequentar o curso de medicina, que exigia muito do estudante e ao mesmo tempo ter que cuidar dos afazeres domésticos. Lembrou-a de que, continuando ali, Rose estaria à sua disposição.

Elisa chegou a sugerir que Theo se mudasse para lá, disse que podia dormir com ela em seu quarto. "Como se Theo fosse aceitar", pensou Léa ao ouvir a sugestão de sua mãe. Nada do que Elisa falou foi suficiente para mudar a decisão de Léa.

Os meses restantes da gestação de Léa passaram voando. O casal estava dividindo o tempo entre a faculdade de ambos e a arrumação da casa, já que não tinham empregada, apenas uma diarista ia fazer a faxina uma vez a cada quinze dias e os preparativos para o nascimento do bebê tomavam bastante tempo. No entanto, estavam felizes no meio daquela correria insana. Theo era um excelente "dono" de casa e Léa aceitou bem a nova vida, aprendeu a cozinhar com Theo e tomou gosto pela arte.

Apesar de ainda estarem se conhecendo, já que nunca passaram tanto tempo juntos antes, construíram ainda mais cumplicidade durante a gestação do bebê. Perceberam que tinham muita afinidade e gostos bastante parecidos. A cada dia que ficavam juntos, tinham mais certeza do amor que sentiam um pelo outro.

22

O nascimento de Lucas foi de parto normal. Theo assistiu tudo, mal podia acreditar estar vendo aquele bebê lindo chegando ao mundo. As lágrimas caíam desgovernadamente dos olhos do pai que ali também acabara de nascer. Sua voz ficou impedida de sair, sua boca não se mexia e não conseguiu dizer nada. Sua mente foi tomada por um espaço vazio magnífico, nenhuma imagem, palavra, lembrança ou qualquer outra coisa que pudesse causar uma dispersão de pensamento lhe veio à mente. O tudo e o nada estavam bem ali, diante dele.

Um preenchimento de espaços vazios que nem ele sabia que existiam dentro de si iniciou-se naquele momento. As coisas faziam sentido agora, mas antes já faziam. Que confusão! Após um breve eterno momento de euforia paralisada, sua mente se voltou para aquela que até então era uma só e, num passe de mágica, multiplicou-se como se não tivessem se passado nove meses. A admiração que sempre sentiu por Léa se fortaleceu naquela hora. Ela agora era uma mulher que acabara de parir um filho dele. Um sentimento de gratidão se misturou com a admiração. Agora estava vendo uma mulher mais forte, e ao mesmo tempo ainda era Léa. Theo não conseguia discernir com clareza seus sentimentos. Mas uma coisa ele sabia, Léa era a mulher da sua vida.

O bebê foi colocado no peito de Léa que, naquele momento, ainda meio cansada, recebeu-o em seus braços com muito amor. Seus olhos quase não enxergavam devido às lágrimas que os inundavam. Olhava para Theo e para o menino, sorria e chorava, sem barulho, assim como Theo, que se dividia em beijar o rosto da mãe e o do filho, seu amor se dividiu em duas almas, aquilo era insano e maravilhoso. O menino era o único que fazia barulho, insistia em anunciar para o mundo sua existência com um choro que parecia ecoar além das paredes da maternidade.

Com um pouco mais de sobriedade, quando o pediatra entregou o menino em seu colo, Theo pôde observar com mais tranquilidade o bebê. Era lindo. A pele branca igual à sua, os olhos negros iguais aos da mãe. Os cabelos também eram iguais aos de Theo, loiros e lisos, mas o que mais se destacou no recém-nascido foram os lábios carnudos herdados de Elisa, os lábios lindos da mulher mais linda que Raul havia conhecido. O DNA da raça preta de Elisa estava bastante presente no neto de Raul. Ao menos isso, pensou Raul quando o viu pela primeira vez, já que a pele branca herdou de Theo.

Foi o sentimento mais incrível que aconteceu na vida do pobre rapaz. Theodor não esperava que a criança tivesse qualquer traço que fizesse lembrar que era seu filho, muito pelo contrário, era apaixonado por Léa, achava-a linda, e torcia para que fosse parecido com ela. Se a pele do bebê fosse negra igual à de sua amada, ou se tivesse seus lindos cachos volumosos, amaria ainda mais seu bebê.

Theo acompanhou a enfermeira enquanto ela dava banho em seu filho e, depois, quando Lucas estava no berçário, ficou por vários minutos observando-o pelo vidro.

Nessa hora, Theo lembrou o dia em que Léa lhe contou que havia se sentido mal no ônibus imaginando que as pessoas não haviam sentado ao lado dela pelo fato de ela ser negra. Ele sentiu tanta compaixão ao ouvir a história, lembrou de como ficou com vontade de estar ao seu lado naquele momento e poder abraçá-la e consolá-la. Ao menos seu filho não sofreria esse tipo de preconceito, se é que foi realmente por isso que ninguém se sentou ao lado de Léa. Às vezes, Theo não dava ouvido às reclamações de Léa, achava que ela exagerava um pouco com a questão do racismo, mesmo concordando com ela sobre o fato de que as pessoas eram racistas e não sabiam. Theo, assim como grande parte da população, via-se como alguém desprovido de preconceitos, incapaz de julgar alguém pela aparência, cor, gênero ou o que quer que seja. Era de fato alguém que se destacava no quesito "sem preconceitos". Se existisse alguém que pudesse ser considerado homem exemplar, ninguém melhor do que ele para assumir o posto.

Mesmo com tais características, Theo sentiu um fiapo de alívio pelo fato de seu filho parecer com alguém da mesma etnia que ele, como se aquilo fosse de certa forma um benefício ou vantagem. E nesse momento, Theo se viu tomado por um sentimento proveniente da estrutura do racismo. Não com a mesma intensidade sentida pelo pai de Léa, que enxergava um milhão de empecilhos no fato de uma criança se destacar ou ser diferente dos outros membros da família. Mas aquele sentimento velado, sentido por muitos até mesmo sem consciência. Mesmo assim, Theo era diferente, conhecia a fraqueza dos homens e estava disposto a lutar contra todo e qualquer sentimento de discriminação que seu inconsciente pudesse lhe trazer à tona.

23

Raul queria proteger tanto sua filha das dores do mundo que não percebeu quão preconceituoso estava sendo. No desespero de impedir o relacionamento da filha com um homem branco, provocou dores terríveis no coração da filha, que tinha o pai como exemplo de dignidade. Após passar o susto da notícia, ele foi perceber o quanto tinha sido manipulador e abusivo. Ficou deprimido e envergonhado. Ensaiou várias vezes um pedido de desculpas, mas não tinha coragem de fazê-lo. O homem carismático e desenvolto, que tinha resposta para tudo, parecia ter adormecido. Não conseguia expressar seus sentimentos para a filha, temia ser julgado com as brilhantes alegações que Léa sabia fazer e, dessa vez, não teria resposta.

Lucas nasceu e, junto com ele, nasceu a coragem de que Raul precisava. Foi sem pensar que saiu em disparada para o hospital quando soube do nascimento de seu neto. No caminho, fez uma ligação para um amigo. Precisava agradecer por ter amparado o pai do seu neto no momento difícil da vida dele. No momento, ele próprio não conseguia sequer aceitar o que estava passando, quanto mais amparar alguém não estimado por ele. Roberto ficou surpreso com o telefonema, sentiu que Raul estava sendo sincero, respondeu que fez aquilo por Theo ser um ótimo profissional. No telefonema, Raul disse que jamais esqueceria o bem que ele fez, mantendo seu genro na empresa.

Quando abriu a porta do quarto da maternidade onde Léa estava, encontrou-a amamentando. Theo e Elisa estavam um em cada lado da cama. Léa ergueu a cabeça para ver quem era e deparou-se com seu pai. Lágrimas e sorrisos se fizeram presentes no rosto da nova mãe que, no mesmo instante, tirou o bebê do peito e esticou os dois braços, oferecendo-o para seu pai segurar. Raul segurou Lucas com todo o cuidado, ergueu-o para perto de seu rosto e encostou sua testa na testa do bebê. Chorou como um bebê e disse à filha que tanto amava:

– Perdão.

Léa já o havia perdoado desde o primeiro dia. Graças ao fato de Theo ainda não ter revelado a ela o que seu pai foi capaz de fazer para afastá-los, ela conseguiu descansar seu coração nas lembranças boas que tinha dele. Na verdade, Raul não estava ali só para ver seu neto, estava decidido a revelar toda história para Léa, tirar a máscara de uma vez por todas e com sorte receber seu perdão.

Raul foi até Elisa, entregou Lucas para ela e falou ao seu ouvido. Esta, foi até Theo, segurou a sua mão e o conduziu para fora do quarto. Então Raul sentou-se na beirada da cama onde Léa estava e virou seu corpo para ela. Olhou para sua mão ali bem perto dele, teve vontade de tocá-la, mas achou melhor não o fazer.

– Antes de me responder, minha filha, preciso te contar o que eu fiz.

Léa permaneceu calada, seus olhos se abriram para observar melhor aquele homem em sua frente usando um tom de voz que ela nunca viu antes, parecia estar apreensivo. Léa percebeu a dificuldade que ele estava sentindo em falar-lhe o que queria.

– Uma parte da história você já sabe, só não sabe o que eu fiz para separar você de Theo.

– Como?

– Eu não podia suportar a ideia de ter alguém na nossa família de etnia diferente da nossa. Você sabe como eu prezo os costumes e a cultura da nossa raça, tenho até um restaurante temático por conta disso. Devo confessar que nem eu sabia que isso significava tanto para mim. Quanto a isso darei um jeito, sei que posso melhorar, tenho pensado muito sobre isso, acredite.

Léa ouvia as palavras do pai e sentia-se feliz por ele estar se abrindo, aquela era a hora tão esperada em que ela estaria ali, pronta para ajudá-lo a crescer e evoluir.

– O que eu não posso mudar é minha atitude no passado – Raul continuou. – Tentei separar vocês dois a qualquer custo.

Léa começou a não entender, não lembrava de perceber qualquer tentativa de seu pai de afastá-los, muito pelo contrário, seu pai não era nada invasivo com relação ao seu namoro.

– Fui eu quem pediu para Roberto enviar Theo para China – pausou por um instante, prosseguiu antes que não tivesse mais coragem. – Fiz isso para afastar ele de você.

– O quê? – disse Léa, incrédula.

– Não posso mudar o que eu fiz minha filha, mas se pudesse o faria. Agora só me resta o seu perdão, saiba que daria tudo o que eu tenho por isso.

Léa olhava para o nada, tentando entender como seu pai foi capaz de fazer aquilo. Ela já o havia perdoado, mas diante daquele novo fato ela viu-se decepcionada novamente. Não conseguiu responder seu pai, na verdade não conseguiu sequer olhar para ele. Quando se deu conta, Elisa e Theo estavam ao seu lado, segurando sua mão.

Viu Theo olhando para ela preocupado com seu bem-estar, sentiu-se culpada pela atitude de seu pai. Como revelaria isso para ele? Theo jamais perdoaria seu pai por aquilo. Olhou para sua mãe, imaginou se ela já sabia ou compactuava com as artimanhas de seu pai. Léa não dizia nada, só pensava. Então sua mãe a chamou, sacudiu seu corpo para fazê-la voltar à realidade.

– Meu pai é um monstro – disse Léa em meio às lágrimas.

Tanto Elisa quanto Theo entenderam o que aconteceu, perceberam que Raul havia revelado tudo à filha, entreolharam-se sem saber como agir.

– Você precisa saber de uma vez – disse Léa para Theo.

– Eu já sei de tudo, Léa, acalme-se meu amor!

– Não. Você não sabe o que meu pai acabou de me revelar.

– Meu amor, eu te peço perdão por não ter te contado, não tive coragem.

– Você sabia que ele estava por trás de tudo, que foi ele que pediu para Roberto te enviar para China?

– Sim, tinha minhas suspeitas, então pressionei o Roberto e ele me revelou, logo depois que seu pai ficou sabendo que você estava grávida.

– Mas você não me disse nada, você devia ter me contado.

– Eu sei, estava esperando o melhor momento, mas não existe melhor momento para algo assim, então...

– E você, mamãe?

– Eu incomodei muito o Theo, tentei convencê-lo a se mudar para nossa casa. Você lembra como eu insisti nesse assunto com você? Fiz várias ligações para ele, até que ele não aguentou e me contou o que seu pai havia feito para separá-los, então entendi a posição dele e parei de importuná-lo.

– Você falou com meu pai sobre isso?

– Sim, conversei, é claro. Após a gente discutir muito, disse que ele devia te procurar para te contar tudo antes que Theo contasse. Eu também fiquei chocada, sabia que havia algo errado naquela história de enviar Theo para China sem ele estar preparado. Quando Theo me contou o que seu pai fez, tudo se encaixou.

– Então só eu não sabia.

– Léa, considere o pedido de perdão do seu pai – pediu Elisa – ele está arrependido. Viu como ele olhava para seu netinho? Vamos filha, seu pai merece seu perdão.

– E você, Theo, não está magoado com meu pai? – perguntou Léa.

– Fiquei extremamente magoado, cheguei a sentir ódio dele, confesso, mas eu não gosto de guardar rancor, estava vivendo esse processo de perdão para poder te apoiar quando eu te contasse, e estava indo muito bem, já não sentia mágoa dele. Tentei me colocar no lugar dele e entender seus motivos, foi difícil, mas eu estava progredindo. E agora, principalmente agora que vi ele olhar para meu filho com olhar de ternura, o resquício de ressentimento que sentia se foi de vez.

– É lindo ouvir você dizer isso, Theo, mas podia dividir esse fardo comigo – disse Léa.

– Farei tudo para não te ver sofrer.

Léa se tranquilizou depois de perceber que não havia mais rancor no coração de Theo e pensou que, se ele foi capaz de perdoar seu pai, ela também seria, mas não exatamente naquele dia.

Cerca de duas semanas depois, Léa ligou para Raul convidando-o para fazer uma visita à sua casa. Raul não acreditava que estava recebendo uma ligação da filha, ficou eufórico de felicidade em saber que ia rever Lucas. Na ligação, Raul perguntou se Theo concordava com a visita, disse que entenderia se ele não quisesse recebê-lo. Léa disse que o convite era também de Theo.

Antes de segurar o neto no colo novamente, Raul cumprimentou Theo com um aperto forte de mão. Não o abraçou, mas demonstrou sua admiração pelo genro.

– Você é um grande homem! – disse Raul olhando fixamente nos olhos de Theo.

24

O restaurante Bobotie era o refúgio de Raul, toda a decoração do restaurante remetia às suas origens, tudo com muita elegância e bom gosto, do jeito que Raul gostava. Era seu lugar preferido porque ali as coisas eram diferentes, ali a realidade cruel de uma sociedade racista não existia, ali ele fingia que o mundo era mais justo, ali ele podia estar de calção e camiseta e continuaria sendo tratado com a mesma cordialidade que era tratado quando estava de terno resolvendo os problemas do hospital, ou quando estava fazendo alguma cirurgia no centro cirúrgico. Mesmo com todo o dinheiro e prestígio que ele tinha conquistado, bastava ele estar vestido casualmente para que o comportamento preconceituoso das pessoas se manifestasse sobre ele. A isso se deveu a forma impecável como se vestia, ele entendeu logo nos primeiros anos de vida como os habitantes desse mundo podiam ser cruéis, mesmo com ele que era um privilegiado. Com relação ao seu prestígio e ao seu dinheiro, permitiu-se ostentar, mudando um pedacinho do mundo, já que não podia mudar ele inteiro. Raul ajudou Amilcar a construir um lugar onde os afrodescendentes fossem respeitados, um lugar que pudesse fingir que a elite brasileira era negra. Até os funcionários do restaurante eram negros, por isso Theo que era de origem alemã, não era bem-vindo. Até porque Raul entendia que ali não era para ser um lugar onde as coisas estavam de maneira contrária às da realidade, simplesmente era um pedaço do seu mundo onde não havia olhares preconceituosos lançados em seus irmãos de pele negra. Amilcar jamais faltou com educação com qualquer cliente, mesmo os da raça branca, que eram comuns dado a fama do restaurante afrodescendente, tampouco foi com Theo. Contratou-o porque realmente estava carecido de funcionário, mas teve que o demitir quando seu sócio lhe disse que aquela contratação fugia do conceito do restaurante.

Raul tinha prazer em olhar ao redor enquanto fazia suas refeições e ver seus clientes, que na grande maioria eram pretos ou pardos, alegres e eufóricos degustando um menu de qualidade e saboreando um bom vinho. O médico conseguia concentrar em um só lugar um grupo de pessoas que tinham crescido na pedra. Pessoas que brotaram, desenvolveram e sobressaíram em um ambiente que não era propício para eles. Raul, assim como eles, teve muita dificuldade para chegar aonde chegou. E chegou graças ao sonho de seu pai, que trabalhava como servente de limpeza no hospital do qual Raul se tornou o diretor. O pai de Raul não mediu esforços para que o filho tivesse uma vida diferente da sua. Fez tudo que pôde para que seu filho rompesse o círculo vicioso ao qual sua família estava presa. Raul se via em cada um de seus clientes, todos com histórias de superação e determinação. Todos vencedores.

Raul tinha orgulho de ser um vencedor. Sua filha, Léa, tinha mais orgulho ainda, mas sabia que seu pai era uma exceção à regra. Ela lutava para que os negros bem-sucedidos não fossem desvios de um padrão estabelecido onde os afrodescendentes estivessem do lado de fora.

25

Lucas tinha 6 meses de idade quando a família foi visitar seus avós paternos. Dona Lena e Seu Antônio mal podiam esperar a chegada do neto. O avô de Lucas construiu um berço de madeira para ele e Dona Lena providenciou um colchão com uma sobra de espumas que tinha em mãos, o tecido do colchão ela comprou novo. Quando Theo e sua família entraram no quarto e viram o berço pronto para ser usado, ficaram felizes com a surpresa.

Naquele final de semana, foi realizada uma festa junina na casa de Seu Antônio e de Dona Lena. Todo ano eles comemoravam a festa de São João, São Pedro e Santo Antônio. Quando Theo comentou com Léa que haveria uma festa junina na casa de seus pais, ela achou estranho devido ao fato de a família de Theo ser luterana. Segundo o que ela sabia, a religião luterana não considerava outro santo se não o próprio Jesus, mas não comentou nada naquele momento. Então, quando estavam a caminho da casa dos pais de Theo, resolveu questionar sobre aquilo:

– Estou confusa, pensei que vocês não comemorassem festa junina.

– Por que não? – perguntou Theo.

– É a festa dos santos do mês de junho, achei que só os católicos comemorassem.

– A família da minha mãe é de descendência italiana e é toda católica, minha mãe foi católica por muitos anos, por isso essa tradição de comemorar. Ela gosta muito dessa festa. Inclusive, quando ela resolveu de vez ir para a igreja do meu pai, quero dizer, a religião luterana, disse que não abriria mão de comemorar a festa junina.

– Interessante – comentou Léa.

Eles chegaram cedo para ajudar nos preparativos da festa que aconteceria à noite. Toda a vizinhança foi convidada. Como sempre, cada família levava um prato de comida típico para formar um grande banquete. Dona Lena cozinhou milho verde, canjica e pinhão aos montes, assou bolo de milho e fez doce de abóbora e pé de moleque, preparou também quentão de cachaça e vinho.

Denise e Samuel também foram convidados para a festa junina na casa dos pais de Theo. Já fazia um tempo que Denise não visitava seus pais no Vale Europeu, então agendou a visita para seus pais no mesmo final de semana da festa, assim aproveitaram a viagem para visitar os pais de Denise e comparecer à festa junina na casa de Dona Lena. Para a sorte deles, chegaram perto do meio-dia na casa dos pais de Theo, assim puderam saborear a deliciosa comida de Dona Lena já no almoço. Após almoçarem, Denise foi para a pia lavar a louça e Samuel foi ajudar Theo nos preparativos da festa.

Ao lado da casa de Seu Antônio, havia um gramado bastante espaçoso, onde eles estendiam varais de bandeirinhas coloridas que Dona Lena guardava com todo cuidado para serem usadas todo ano naquele mês. Theo e seu irmão ficaram encarregados de fazer os buracos para colocarem as estacas onde seriam amarrados os varais de bandeirinhas. Com a ajuda de Samuel, o trabalho rendeu mais, aproveitaram a força do rapaz para fazer os buracos no chão com a cavadeira de mão. Havia estacas também para a colocação do fio de energia com os bocais e várias lâmpadas para clarear bem a noite. Seu Antônio e Thiago, durante a semana, cortaram as lenhas para a grande fogueira que não podia faltar, caso contrário Dona Lena não os deixaria comparecerem à festa.

Theo, seu irmão e Samuel montaram a fogueira. Também fizeram a colocação do pau de sebo, que garantiria a diversão dos adolescentes e jovens tentando alcançar o grande prêmio que colocaram no topo do pau. Léa não conseguiu ajudar muito por causa do pequeno Lucas, mas deu sua contribuição nas disposições das bandeirinhas e, com o auxílio de Denise, ajudou a enfeitar a mesa onde seria colocada toda a comida. Passaram quase o dia todo organizando e preparando tudo para a festa daquela noite.

O dia estava quase acabando quando o sanfoneiro chegou. Todos estavam se arrumando para a festa. Léa havia acabado de dar banho em seu bebê, estava vestindo-o quando Dona Lena entrou no quarto com um conjunto de roupa que fez para o neto usar na festa junina: uma camisa de flanela xadrez, uma calça com remendos nos joelhos e um acessório que não podia faltar: um chapeuzinho desfiado como se fosse bastante surrado. Só de olhar, Léa se derreteu. O pequeno Lucas ficou o caipira mais fofo que ela já havia visto na vida com o traje que Dona Lena fez para ele! O garotinho foi, com certeza, a sensação da festa naquele ano. Léa e Theo também se caracterizaram para a festa. Ela com duas tranças, uma maquiagem com direito a pintinhas nas bochechas e um vestido de chita que comprou especialmente para aquele evento. Ele com uma botina e um chapéu que usava quando ainda morava com seus pais, uma calça remendada, camisa xadrez, um podre no dente feito a lápis de olho e um bigode falso também feito com o mesmo lápis. Denise e Samuel emprestaram roupas de Dona Lena e Seu Antônio para se caracterizarem, com isso conseguiram arrancar muitas gargalhadas dos anfitriões.

Quando saíram da casa em direção ao gramado, o sanfoneiro já estava tocando as músicas típicas de quadrilha. Saíram dançando pelo gramado iluminado pelas luzes dos vários varais de lâmpadas dispostos naquele espaço e pelo clarão vindo da fogueira de 7 metros de altura aos fundos montada pelos irmãos e por Samuel. O pequeno Lucas revezava-se na parceria com seus pais, ora dançava com a mãe, ora dançava como o pai. Eles se divertiam com o menino prestando mais atenção nas bandeirinhas que chacoalhavam com o vento do que em ambos dançando feito bobos. Os convidados começaram a chegar, Theo e Léa pararam a dança para recebê-los, todos estavam curiosos para conhecer a esposa de Theo e seu filho.

Samuel estava achando tudo aquilo muito divertido, as pessoas todas caracterizadas para a festa, um monte de comida, o sanfoneiro tocando alegremente umas músicas animadas que ele nunca tinha ouvido. Denise estava bastante feliz também por vê-lo animado. Samuel estava dançando com Denise uma rancheira e Dona Lena passou ao seu lado com seu Antônio também dançando. O rapaz interrompeu a dança dos anfitriões para oferecer ao dono da casa sua parceira em troca da parceira dele. Seu Antônio aceitou na mesma hora, e saíram os quatros dançando sorridentes pelo gramado. Samuel girava Dona Lena seguindo passos da rancheira. Dona Lena divertia-se com os rodopios velozes do jovem. No final da música, ela precisou se apoiar em uma cadeira para descansar. Seu Antônio chegou perto deles para destrocar as parceiras e Denise brincou dizendo que não precisava destrocar pois Seu Antônio era um exímio "pé de valsa".

Nesse momento, Theo e Léa, sem o pequeno Lucas que estava no colo de algum convidado, uniram-se ao grupo que acabara de dançar. Levaram consigo uma bandeja com copos de quentão para servir e brindarem. Cada um pegou um copo. Todos levantaram a mão para cima e Dona Lena disse – *Prosit papa prosit mamma, prosit tutta la famiglia*. Todos caíram na gargalhada com a mistura de alemão com italiano que Dona Lena inventou, então beberam o quentão maravilhoso de dona Lena, com exceção de Léa, que só molhou os lábios, pois estava amamentando.

Terminaram o brinde e imediatamente uma moça bonita e espevitada entrou no meio da roda, saltitando e abraçando Seu Antônio, Dona Lena e Theodor. O abraço dado em Theo foi forte e demorado, ela o soltava e o juntava novamente, várias vezes. A moça era Luana, a prima de Theo que foi morar nos Estados Unidos. Resolveu aparecer sem avisar, quis fazer uma surpresa para todos. Depois de abraçar Theo, dirigiu-se à Léa, a quem também deu um abraço forte, felicitando pelo relacionamento com seu primo, disse que ela tinha tirado sorte grande, pois seu primo era um rapaz com qualidades sem igual. Felicitou-a também pelo filho Lucas, disse que estava louca para conhecê-lo, segurou na mão de Léa e saiu puxando-a em busca do bebê.

O que também não podia faltar na festa junina de Dona Lena era a quadrilha. Ela combinava a música que seria tocada naquele ano com o sanfoneiro, primo de seu Antônio. Gostava de variar a música de ano para ano para não ficar repetitivo. Ela mesma era a narradora da quadrilha, usava um microfone para que todos ouvissem bem a sua voz. Dona Lena anunciou pelo microfone que a dança iria começar. Pediu para os convidados encontrarem seus pares e sugeriu a quem não tivesse par, para tratar de arrumar naquele instante, pois não queria ver ninguém de fora.

Minutos antes, Léa foi arrastada para o quarto pela tia de Theo, sua prima Luana e Denise, que vestiram nela um vestido de noiva antigo e amarelado. Léa seria a noiva na dança da quadrilha. Para Theo, um paletó xadrez e uma gravata, tão antigos quanto o vestido de noiva que Léa usava, foi o que bastou para referenciá-lo como o noivo na dança.

A dança se iniciou e a diversão aumentou, era um tal de "olha a cobra" para cá, "a ponte caiu" para lá, "caminho da roça", "olha a chuva", "é mentira", "damas cumprimentam os cavalheiros". E tem "caracol" e tem "grande túnel"! E os convidados dançando todos animados. Luana chegou a chorar de rir no grande túnel ao perder seu parceiro, seu Antônio, que deixou seu chapéu cair e atrapalhou-se ao tentar resgatá-lo. Samuel soltava gritos no meio da dança para animar ainda mais a quadrilha, há quem diga que estava sob efeito do quentão. A "noiva" e o "noivo" iam à frente, confundindo a ficção com a realidade. Aquele momento em que os dois estavam trajados como se fossem entrar no altar era o mais próximo a que chegaram de um casamento. Os acontecimentos foram surgindo em suas vidas de forma que não tiveram tempo de oficializar o matrimônio, tampouco fazer uma festa de casamento. Portanto, aquele era o momento deles, no qual iriam trocar juras de amor e a promessa de uma vida inteira juntos, para sempre.

Estavam realizados e felizes, dançavam alegremente, uma sensação de gratidão tomou conta de ambos, olhavam-se com tamanha ternura e admiração que os convidados que estavam assistindo a dança podiam perceber que estavam unidos pelo amor.

O sanfoneiro, que também se divertia em ver aquela dança animada, estava observando a felicidade de Samuel, comentou com alguém ao seu lado num tom de admiração e alegria: "esse rapaz é preto, mas é gente boa, veja como é animado".

Essas palavras foram ditas no momento em que se formava o caracol e, por acaso do destino, a "noiva" estava do lado do sanfoneiro quando ele soltou essa frase. Samuel e Denise estavam uma camada a menos, também perto o suficiente do sanfoneiro a ponto de também ouvir o que foi dito. Léa e Samuel olharam-se e suas faces esmoreceram, sentiram em suas veias uma dose de realidade vinda em uma cápsula de preconceito revestida de elogio. Samuel, que tem suas emoções mais controladas do que Léa, restabeleceu seu semblante alegre, olhou firme para Léa e, com uma piscadela de olho e um movimento de cabeça, convenceu Léa de que deviam deixar de lado aquilo que acabaram de ouvir e seguir a dança sem se deixarem abalar.

Fim

CONSIDERAÇÕES DO AUTOR

Apesar de a ascendência das personagens não ter sido mencionada desde o início da história, várias dicas foram dadas durante o decorrer do livro sobre esse fato, iniciando pelo restaurante decorado com um entrelaçamento de berimbaus, instrumento musical bastante popular na cultura afro-brasileira, usado para a dança de capoeira. Os berimbaus formavam, na parede do restaurante o desenho de uma samambaia (aya), símbolo adinkra (Gana, África) que representa resistência. Em seguida, houve a descrição dos traços fortes e bem definidos de Elisa, característicos das lindas mulheres negras do nosso país. O comportamento quase sempre de indignação de Léa quando se deparava com alguma atitude racista de alguém poderia sugerir que ela sentia na pele o preconceito das pessoas vez ou outra, como ela mesma relatou para Theo embaixo da árvore do lago no Vale Europeu, local onde Theodor nasceu e foi criado. Essa foi outra evidência muito clara da etnia branca de Theo. O Vale Europeu fica localizado em uma região de Santa Catarina onde 83% por cento das pessoas são brancas (segundo o censo de 2010). A família inteira de Theo era de lá, as chances de ele ser afrodescendente seriam poucas. Isso sem se falar no nome que seus pais escolheram para ele: Theodor, um nome alemão. Foram dados vários indícios da ascendência de Theodor e da cor de pele de Léa. Imagino que houve alguns leitores que se apegaram a essas dicas e não se surpreenderam no final.

Crescemos em um mundo onde os afrodescendentes não são comumente vistos em universidades, *shoppings*, cinemas, etc. Muito pelo contrário, a mídia, o jornalismo, a arte e outros setores da nossa sociedade nos mostram esses indivíduos em locais associados à sarjeta, bandidagem, opressão, o que é mesmo a realidade de uma grande parcela desse povo que, apesar de muitas vitórias e avanços devido às políticas públicas dirigidas a essa população, ainda está longe de alcançar o status ideal para que se possa afirmar que os direitos iguais geram um tratamento igualitário.

Há muito a fazer até o dia em que conseguiremos ler uma história de alguém com certo poder aquisitivo e não julgar que sabemos "de cara" qual é a cor dessa personagem.

A discriminação e o preconceito enfrentado pelos negros no Brasil e no mundo têm consequências inimagináveis para o indivíduo de pele branca. Seria uma audácia tentar explicá-los e debatê-los, tendo em vista minha ascendência não afro.

Existem especialistas no Brasil com livros bem esclarecedores com relação a esse assunto, com muito mais propriedade e capacidade para tratar o tema (cito a série Feminismos Plurais, coordenada pela Djamila Ribeiro).

Contudo, na tentativa de fazer algo efetivo para ajudar a combater o racismo presente em nossa sociedade, escrevi essa obra fictícia. No início, pensei não ser capacitado para abordar o assunto. Depois, após refletir sobre escrever ou não, entendi que, como cidadão pertencente ao sistema onde ocorre a segregação, discriminação e opressão dos indivíduos afrodescendentes no nosso país, posso expor, mesmo que em uma ficção e do meu ponto de vista, os fatos verídicos presenciados por mim e atribuídos às personagens não verídicos, numa tentativa de mostrar como não percebemos a sutileza do racismo no nosso cotidiano e como não nos incluímos nessa estrutura segregacionista para, com isso, trazer uma conscientização ao indivíduo branco a respeito da existência dessa estrutura muito bem arquitetada pela elite branca que se estabeleceu no pais desde a colonização.

Diante disso, fazendo uso de um romance contado por mim, mas imaginado pelo leitor, em que ele teve a liberdade de dar às personagens as cores que lhe viessem à mente no momento da construção deles, tive a intenção de só revelar ao final da história a raça das personagens principais para causar o choque de consciência.

Para obtenção desse choque foi usado o preconceito e sua ideologia fantasiosa proveniente de uma *representação do imaginário social acerca das pessoas negras*. (Silvio Almeida em seu livro Racismo Estrutural (2019)). Não tenho dúvidas de que a surpresa se dá justamente devido ao racismo que permeia pelos diversos ambientes sem ninguém se dar conta, sem quase ninguém se questionar o porquê, por exemplo, de geralmente não vermos médicos negros, como o Dr. Raul, quando vamos a uma consulta médica.

O inconveniente, para mim, nessa história, foi ter que criar uma personagem de pele negra que não queria que sua filha se envolvesse com alguém de outra etnia. É importante salientar que racismo reverso não existe. As personagens desta obra são fictícias. Mesmo assim, peço desculpas se ofendi alguém com essa criação, mas sem ela não seria possível introduzir suspense na história e prender a atenção do leitor para, no final, conseguir introduzir nele a consciência de que o preconceito vive dentro de nós, e precisamos lutar contra ele.

em pólen bold 90g/m²
no inverno 2022